MONATSKARTE
SCHÜLERAUSWEIS
1 EURO
50 EURO CENT
20 CENT
10 CENT
5 CENT
?

fabelhafte FRITZI

Verschwindesachen und Gedankenflut

Fabelhafte Fritzi

Band 1: Liebeschaos und Gedankensalat

Band 2: Verschwindesachen und Gedankenflut

Band 3: erscheint im Herbst 2015

Susanne Fülscher

fabelhafte FRITZI

Verschwindesachen und Gedankenflut

CARLSEN

STECKBRIEF

NAME:	Fritzi
ALTER:	11
BESTE FREUNDIN:	Emma
LIEBLINGSMENSCHEN:	Papa, Mama, meine Schwester Klara, meine Freundin Emma
LIEBLINGSTIER:	meine Katze Moppel
ÄTZPERSONEN:	Frau Tiedje (die Chefin der Schulcafeteria), der Klassendieb – oder ist es eine Diebin?
WAS ICH MAG:	Gitarrenunterricht bei Bruno, mit Emma zusammen sein, mit Moppel kuscheln
WAS ICH NICHT MAG:	unehrliche Menschen, peinliche Unterhosen, Pizzakrümel in der Computertastatur, Schwimmunterricht
WAS MIR WICHTIG IST:	dass Klara bis in alle Ewigkeit bei uns wohnen bleibt
LIEBLINGSWORT:	spacig
LIEBLINGSESSEN:	Thunfischpizza, Kuchen, Himbeerkaugummi

Ich liebe dich, Werner!

Es war früh am Morgen, in der Turnhalle miefte es nach nassem Hund und ich wollte mich am liebsten von einem Ufo entführen lassen. Beim Mini-Trampolinspringen hatte es plopp gemacht – das Gummi meiner Sporthose war gerissen – und ich stand in der Unterhose da. Wie peinlich war das denn! Alle um mich herum gackerten, wieherten und stampften mit den Füßen auf. Schlimm genug, dass meine Unterhose zu sehen war, ich hatte auch noch eine mit dem Aufdruck *Ich liebe dich, Werner!* an.

Dazu muss man eins wissen: Meine Schwester arbeitet als Maskenbildnerin beim Fernsehen und hat die Unterhose, die irgendwann irgendwer in einer Fernsehserie getragen hat, mit nach Hause gebracht. Eigentlich sind mir meine Unterhosen ziemlich egal, aber jetzt bereute ich es, dass ich an diesem

Morgen schlaftrunken in den Schrank gegriffen und mir einfach irgendein Teil geschnappt hatte. In Klaras Schrank, um genau zu sein. Wo ich sowieso nichts zu suchen hatte.
Ruckartig zog ich meine Sporthose wieder hoch, aber das machte die Sache auch nicht ungeschehen.
„Fritzi liebt Werner!“, schrie Jonas.
Die Jungs der Hornbrillen-Gang (das sind die Computerfreaks in unserer Klasse, von denen bis auf Pepe alle Brillen tragen) kugelten sich vor Lachen. Und auch die Mädchen japsten schon nach Luft. Bloß eine verzog keine Miene. Meine beste Freundin Emma. Sie schob verstohlen ihre schwitzige Hand in meine und drückte sie.
Mach dir nichts draus! Die sind doch alle affenblöd!
Das hatte Emma nur gedacht, aber da ich dicht genug an ihr dran war und alle Signale auf Empfang gestellt hatte, konnte ich es hören.
Es gibt keine Menschen, die Gedanken lesen können? Aber klar! Mich, Fritzi Rose! Ich bin sozusagen der lebende Beweis auf zwei Beinen. Ich muss nur auf Lineal-Länge an jemanden herangehen und mich ein bisschen konzentrieren, dann höre ich, was diese Person denkt. Das Ganze fing vor ein paar Wochen an. Genauer gesagt an einem wunderschönen sonnigen Tag, an dem plötzlich ein Blitz den tintenblauen Himmel

durchzuckte und ich hinfiel. Danach war alles anders. Von jetzt auf gleich. Und auch, wenn ich mich an die tausend Mal gefragt habe: Warum ausgerechnet ich? Wieso? Weshalb? Ich habe nie eine Antwort darauf bekommen.
Frau Kralle-Kahn sah aus, als müsste sie meinen Anblick erst mal verdauen, dann erklärte sie: „Ihr könnt euch jetzt wieder abregen. Und du, Fritzi, du darfst dich schon mal umziehen. Wir machen sowieso gleich Schluss."
Das ließ ich mir nicht zweimal sagen. Mit einem Ruck zog ich meine Sporthose hoch und flitzte in die Umkleide. Eins war klar: Ich würde Mama auf eine einsame Insel verbannen. Weil sie wegen ihrer vielen Arbeit – sie ist Ernährungsberaterin in einem Seniorenheim – nie Zeit hat, mit mir einkaufen zu gehen. Nur deswegen hatte ich die peinlichste Unterhose aller Zeiten aus Klaras Kleiderschrank genommen, ich schwöre!
Ich zog mich in Rekordzeit um, schlüpfte in meine Lieblingsschuhe mit den Bommeln, dann hastete ich aus der Turnhalle, um mir in der Schulcafeteria ein belegtes Brötchen zu holen. Dummerweise hatte ich heute Morgen mein Pausenbrot vergessen und war inzwischen kurz vorm Verhungern.
Die Cafeteria war um diese Uhrzeit wie ausgestorben. Suchend sah ich mich um.
Nur die Uhr tickte, dann tönte eine barsche Stimme, die nach

der Kantinenchefin Frau Tiedje klang: „Drei Euro! Junger Mann, das ist kein Pappenstiel! Haben Sie was dazu zu sagen?" Jemand antwortete, allerdings so leise, dass ich nichts verstehen konnte.

„Sie legen jetzt sofort das Geld zurück! Aber zackig! Sonst sind Sie gefeuert!", bellte Frau Tiedje. „Nächstes Mal putzen Sie auch in den Ecken! Was ist das hier für ein Dreckstall!"

Wie zum Beweis schwebten ein paar Wollmäuse durch die offen stehende Tür. Im nächsten Moment stampfte die Tiedje wie ein Nilpferd auf zwei Beinen in die Cafeteria. Ihre kurzen blonden Haare standen in alle Richtungen ab, als wäre sie in eine Steckdose geraten.

Ich wollte mich am liebsten verdrücken, aber zu spät. Frau Tiedje hatte mich schon gesehen. Eine Sekunde lang starrte sie mich grimmig an, dann überzog ein Lächeln ihr Gesicht.

„Hallo, mein Mädchen!", flötete sie. „Was tust du hier? Hast du keinen Unterricht?"

„Äh ... ich wollte mir bloß ein Brötchen holen", sagte ich verunsichert.

„Wir haben geschlossen." Frau Tiedje strich nervös ihre Kittelschürze glatt.

„Ich weiß, aber ich hab ganz schrecklichen Hunger. Eben beim Sport wäre ich fast ..."

Bevor ich den Satz zu Ende sprechen konnte, huschte der Mann vom Putzdienst, den alle nur den Putzi nennen, geduckt an Frau Tiedje vorbei und verschwand Richtung Musiksaal.
Mir blieb der Mund offen stehen. Hatte der Putzi etwa Geld aus der Cafeteria-Kasse geklaut? Und die Chefin hatte ihn auf frischer Tat ertappt?
Frau Tiedje trat hinter den Kühltresen. Sie grinste die ganze Zeit über, aber es sah aus, als wären ihre Mundwinkel seitlich festgetackert.
Ich beugte mich vor, um mir die übrig gebliebenen Brötchen anzugucken. Lecker sah anders aus. Der Käse wellte sich schon, die Wurst schillerte und der Salat hing schlaff herunter.
Hau bloß ab, du nerviges Blag!, wehte es mich an.
„Wie bitte?“ Ich zuckte zurück. Die Tiedje war sonst immer so eine Nette! Wie konnte sie nur so fies über mich denken? Ich blickte mich um, vielleicht hatte sie ja jemand anderen gemeint, aber der Putzi war verschwunden und auch sonst war niemand zur Tür reinspaziert.
„Wieso? Nichts“, säuselte Frau Tiedje und schichtete hektisch saubere Teller übereinander.
Wieder lehnte ich mich so weit vor, dass ich fast in den Kühltresen kippte.

Was starrt das Mädchen mich so an? Hat sie eben etwa was mitbekommen?

Im nächsten Augenblick lächelte Frau Tiedje wieder zuckersüß und fragte: „Was hättest du denn gerne?"

„Das da." Ich zeigte auf das Käsebrötchen, das noch den fittesten Eindruck machte.

Frau Tiedje langte in die Vitrine und legte das Brötchen wortlos auf einen Pappteller.

Ich konzentrierte mich ganz stark und hörte laut und deutlich: *Das Mädchen kann nichts mitgekriegt haben. Wie auch? Und schon gar nicht hat sie gesehen, dass ich das Geld eingesteckt habe.*

Geschockt taumelte ich zurück. Sie hatte Geld aus der Kasse genommen! Und dann beschuldigte sie den armen Putzi? Wie fies war das denn!

„Das macht einen Euro und zehn Cent. Es wäre schön, wenn du es passend hast."

„Ja ... äh ... ich guck ... äh ... mal nach", stotterte ich und kramte in meiner Hosentasche. Meine Nase klebte immer noch an der Glasscheibe.

Die zehn Cent gehören dann mir.

Ich glotzte die Tiedje an. Die Tiedje grinste verkrampft zurück.

Irgendwie ist mir das Mädchen unheimlich. So als würde sie in mich reingucken. Und was hat sie überhaupt für alberne Zöpfe! Ab damit!
Ich fand einen Euro und ein Zehn-Cent-Stück und legte die Münzen hin. Dann zog ich meine Haargummis straff.
„Ich weiß ja nicht", murmelte ich.
„Was weißt du nicht?" Frau Tiedjes rot lackierte Nägel näherten sich dem Geld.
„Ich weiß nicht, ob ich mir die Zöpfe abschneiden lassen soll. Vielleicht sind die ja etwas albern."
„Wie bitte?"
Was redet sie denn da? Es zuckte um Frau Tiedjes Mundwinkel, dann schnappte sie sich das Geld.
„Na, zack die Zöpfe ab!"
„Ach was! Deine Zöpfe sind so niedlich." Sie plinkerte mit den getuschten Wimpern. „Die passen ausgezeichnet zu dir."
Ich wünschte, der Tag wäre schon zu Ende!, stöhnte sie in Gedanken hinterher.
„Der Tag ist ja auch bald rum", sagte ich und biss wie eine Verhungernde in das Käsebrötchen. „Und in der Nacht passieren manchmal auch die tollsten Dinge", fuhr ich kauend fort. „Geld verschwindet. Und taucht manchmal wieder auf, zum Beispiel."

Schweißperlen traten auf Frau Tiedjes Stirn.

Das Kind ist eine HEXE!

Ich grinste geschmeichelt.

„Du kannst gehen. Du hast doch schon bezahlt."

„Äh, ja, stimmt."

Dann geh auch! Mach schon, verschwinde!

Als hätte ich Kleister unter meinen Bommelschuhen, blieb ich stehen und tat, als müsste ich mir ganz dringend die Hände an einer Papierserviette abwischen. Aus dem Augenwinkel beobachtete ich Frau Tiedje.

Im nächsten Moment klingelte es. Eine Gruppe Schüler strömte in die Cafeteria. Frau Tiedje ließ endlich die Kasse aufspringen und tat den Euro hinein. Ihre linke Hand, in der sich die restlichen zehn Cent befinden mussten, wanderte gleichzeitig unauffällig in die Kitteltasche.

„Wiedersehen, Frau Tiedje!", rief ich, dann eilte ich aus der Cafeteria.

Ich hatte genug sehen. Und ich brannte darauf, Emma alles zu erzählen.

„Die Tiedje klaut? Echt jetzt? Hammer!"
Emma stand breitbeinig wie ein Cowgirl vor mir. Doch statt einen Colt zu zücken, knautschte sie ihre blonden Wuschellocken und scannte die Aula. Keine Ahnung, ob sie nach süßen Typen Ausschau hielt (was eine ihrer Lieblingsbeschäftigungen ist) oder einen Krampf im Nacken hatte. Falls Letzteres der Fall war, kam das bestimmt von der Trampolin-Stunde, bei der sich alle noch minutenlang über mich scheckig gelacht hatten.
„Ich kann's nicht beweisen, aber die zehn Cent sind ganz bestimmt nicht in der Kasse gelandet", zischte ich Emma zu, während ich mir den letzten Bissen in den Mund schob. „Und dann den Putzi beschuldigen! Das ist so mies!"
Emma hauchte ihre Herzenuhr an und wischte sorgfältig übers Zifferblatt.
„Und der Arme kann sich noch nicht mal wehren. Weil er nur der Putzi ist und nicht der Chef der Cafeteria."
„Stell dir vor, die Tiedje macht das immer so! Jeden Tag! Wenn nur 100 Schüler was bei ihr kaufen, hat sie jeden Abend zehn Euro in ihrer Kitteltasche!"
„Das sind 50 Euro in der Woche und 200 im Monat!", empörte sich Emma. Sie rechnete wild im Kopf und ein paar wirre Zahlenfolgen wehten mich an. „Die Ferien ziehe ich mal ab …

Grob überschlagen sind das fast 20 000!", spuckte sie schließlich aus.

„20 000 was?"

„Bis wir Abi machen, hat die Tiedje 20 000 Euro eingesackt!"

20 000 Euro. Eine unvorstellbare Summe!

Es klingelte und wir trabten zurück in den Klassenraum. Emma überlegte, ob es irgendeine Möglichkeit gäbe, Frau Tiedje das Handwerk zu legen, als Jonas auf uns zusteuerte. Er fuhr sich durch seine goldblonde Ritterhelmfrisur, die nicht mal bei Windstärke zehn durcheinandergerät, und prustete los: „Dieser Werner muss ja ein ganz Cooler sein! Dass du schon Unterhosen mit seinem Namen drauf anhast!"

„Du bist ja nur neidisch, dass dein Name nicht auf meiner Unterhose steht", schoss ich zurück.

Ziege!, hörte ich.

„Und du bist ein blöder Affe!"

Jonas kniff ärgerlich die Augenbrauen zusammen.

Spinnt die?

„Wenn hier einer spinnt, dann bist du das."

Ich hakte Emma unter und schleifte sie mit mir.

„Was kabbelt ihr euch denn so?", wollte sie wissen.

„Erst macht er mich wegen der Unterhose an und dann denkt er auch noch fies über mich."

Eigentlich gehört Jonas zu den netten Jungs in unserer Klasse. Er war schon zweimal Klassensprecher, kann so toll singen, dass man eine Gänsehaut kriegt, und manchmal schmeißt er Vollmilch-Nuss-Schokoladen-Runden.

Auch süße Jungs haben ab und zu einen an der Waffel, hörte ich Emma denken.

„Du findest Jonas süß?!", kreischte ich.

Emma zog einen Strichmund und erklärte kopfschüttelnd: „Das ist schon urlange her, echt. Und zapf nicht immer meine Gedanken an!"

„Ist ja gut, Krümel." Ich tätschelte ihre blonden Locken.

Seit ich Gedanken lesen kann, regt sich Emma ständig darüber auf. Aber was soll ich tun? Wenn ich nur dicht genug an ihr dran bin, kann ich mir Watte in die Ohren stopfen und höre trotzdem, was sie denkt.

Lisa, die links von mir sitzt, hing quer über meinem Tisch und nahm alle Hefte und Bücher hoch, als wir in die Klasse stolperten.

„Ey, was machst du da?", fauchte ich. Ich kann es nicht ausstehen, wenn man ungefragt in meinen Sachen wühlt. Nicht mal Mama, Papa oder Klara dürfen das.

„Mein Federmäppchen ist weg!" Lisa ruckelte aufgebracht an ihrem roten Haarreif.

„Und wieso soll das zwischen meinen Sachen liegen?“
„Vielleicht hat es sich ja aus Versehen ... keine Ahnung ... dorthin verirrt.“
„Schon klar. Federmäppchen haben ja auch Beine“, sagte ich und schichtete meine Bücher und Hefte wieder ordentlich auf einen Stapel.
„Tut mir leid“, brummte Lisa.
Dann hievte sie ihren Ranzen auf ihren Tisch und kippte den Inhalt aus. Bücher, Hefte, Taschentücher, zwei Äpfel, Kaugummis – alles purzelte durcheinander. Nur ihr Federmäppchen war nicht dabei.
Mist! Mami macht mich zur Schnecke! Der Zirkel ist doch neu! Und der Füller von Oma auch!
„Soll ich dir beim Suchen helfen?“, bot ich an. Irgendwie tat Lisa mir leid.
Sie nickte. Wir guckten überall nach, sogar in Emmas und in meiner Schultasche, aber wir fanden ihr Federmäppchen nicht.
„Hier“, sagte ich und schob ihr meinen Ersatzfüller rüber. „Den kannst du erst mal behalten.“
Lisa bedankte sich und lächelte verkrampft. In der nächsten Stunde hatten wir Deutsch bei Herrn Matschke und der konnte ziemlich ungemütlich werden, wenn man mit Kuli schrieb.

Weil das angeblich die Handschrift verdirbt und man dann eine Sauklaue kriegt.
Mein Gesichtsausdruck war nach der Sache mit der Unterhose und mit Frau Tiedje garantiert genauso verkrampft. Und es wurde an diesem Vormittag auch nicht wesentlich besser. Im Gegenteil!
In Englisch verhedderte ich mich mit der Zunge und sagte statt *„The south wind brings wet weather“* *„The wet wind brings south weather“* und wieder lachten mich alle aus. Selbst Mr Greenbottle konnte sich ein Grinsen nicht verkneifen. Ganz schön unpädagogisch von ihm! In Deutsch kam ich bei der Gedichtinterpretation dran und fing wie blöde an zu stottern. Woraufhin wieder alles gackerte. Und als ich nach Hause kam, bemerkte ich, dass mir jemand einen Zettel auf die Weste gepappt hatte, auf dem stand: *Ich liebe dich, Werner!*
Ehrlich – der Tag konnte nur noch besser werden.

Moppel & Anton

Am Nachmittag trafen Emma und ich uns zwecks Lagebesprechung in meinem Zimmer. Mit Kuchen aus Papas Café *Sieben Wunder*. Emma besteht meistens darauf, dass wir uns bei mir treffen – angeblich, weil ihre drei kleinen Nervensägen-Schwestern stören. Wenn man mich fragt, ist sie verrückt nach Papas Kuchen und will es bloß nicht zugeben.

Dumm war nur, dass Emma ihren Hund Anton mitgebracht hatte, der jetzt – weil er meine Katze nicht besonders mag – auf dem Balkon herumkläffte. Moppel hatte sich schon aus lauter Verzweiflung unter meinem Hochbett verkrochen und hielt sich mit ihrer Pfote ein Ohr zu. Die Arme!

„Ob die Tiedje vielleicht auch Lischasch Federmäppchen geklaut hat?“, überlegte Emma. Sie war beim zweiten Stück Butterkuchen und schielte auf den letzten Brownie.

„Glaub ich nicht."

„Und wiescho nicht?" Kuchenkrümel flogen aus Emmas Mund. „Oh, Verscheihung", nuschelte sie und pflückte die Krümel vom Boden. Da Emma eine Zahnspange trägt, spricht sie manchmal etwas undeutlich.

„Weil Frau Tiedje a) in den Pausen in der Kantine ist, b) noch nie in unserem Klassenraum war und c) überhaupt nichts mit einem Federmäppchen anfangen kann."

Emmas Schultern wippten auf und ab. „Vielleicht ja doch. Vielleicht braucht sie ganz dringend einen funkelnagelneuen Zirkel, um ... keine Ahnung ... als Geschenk oder so."

Draußen auf dem Balkon ging Antons Kläffen in herzzerreißendes Gewinsel über. Moppel miaute genauso herzzerreißend, dann kam sie unter meinem Bett hervorgeschossen und strich mir um die Beine.

Wieso redet ihr so langweilige Sachen? Könnt ihr nicht mal Anton reinholen? Dann kann ich mich wenigstens mit ihm fetzen.

Seit der Sache mit dem Gedankenlesen höre ich sogar, was meine Katze Moppel denkt. Das hatte ich bisher noch nicht mal Emma anvertraut. Weil es irgendwie zu spacig war, um es überhaupt glauben zu können.

„Moppel, sei still", sagte ich.

„Lass sie doch“, meinte Emma. „Sie miaut doch nur ein bisschen. Das ist weniger schlimm als Antons Gekläffe.“

Hol Anton rein! Hol Anton rein! (Moppel von links)

Wie schön wäre es, wenn ich Anton reinholen könnte. (Emma von rechts)

„Okay, Leute, dann holen wir Anton jetzt rein“, beschloss ich.

Emma blickte mich überrascht an. „Aber Moppel mag ihn doch nicht.“

„Äh, das ist so, Krümel. Moppel will, glaube ich ... sie will auch, dass Anton reinkommt.“

„Häh?“, machte Emma und schmatzte ein bisschen mit ihrer Zahnspange.

Ich guckte Emma an. Sollte ich es ihr vielleicht doch sagen? Ich starrte auf mein schon etwas schmuddeliges Lederarmband und hoffte auf eine Eingebung.

„FRITZI?“ Emma klang nun wie Frau Kralle-Kahn, wenn die mich beim Schummelversuch erwischt hat.

„Das ist jetzt ein bisschen kompliziert“, murmelte ich.

Ist es nicht, kam es von Moppel.

„Ich glaub, das ist gar nicht kompliziert“, meinte Emma und griff nach dem Brownie. „Du hörst Moppels Gedanken. Stimmt doch, oder?“

Ich schluckte den Kloß runter, der plötzlich in meinem Hals steckte, dann nickte ich.
Emma plumpste der Kuchen in den Schoß und sie wurde schneeweiß.
„Nein, Fritzi, das tust du nicht. Menschen können nicht die Gedanken von Tieren hören. Weil ... weil Tiere gar nicht denken!"
Spinnst du?!, beschwerte sich Moppel und miaute wie zum Beweis.
Emma nippte an ihrem Glas, verschluckte sich und fing an zu husten.
„Fritzi, stimmt das auch wirklich?", röchelte sie.
„Ja", brummte ich. „Irgendwie schon."
Emma bellte einen letzten Huster, dann war sie still. Endlose Sekunden lang. Und sie dachte auch nichts mehr. Jedenfalls war außer Antons Hundegekläffe von draußen nichts hören.
Es dauerte ewig, bis sie fragte: „Und wieso hast du mir das nicht früher gesagt?"
„Weil ich dachte, dass du mich für komplett plemplem hältst."
„Aber dass du die Gedanken von Menschen hörst, ist doch genauso plemplem!" Emma wollte Moppel streicheln, doch die machte einen Buckel, fauchte leise und sprang auf meinen Schoß.

Doofe Kuh! Ihr Fauchen ging in leises Maunzen über.
Emma musterte Moppel misstrauisch.
„Hat sie eben etwa was über mich gedacht?"
„Ja, hat sie", brummte ich.
Emmas Augenbrauen rutschten unter ihren Wuschelpony.
„Und was?"
„Doofe Kuh." Ich knuffte Emma. „Moppel meint es nicht so. Sie mag dich."
„Und warum denkt sie dann so was?" Emma zog ein beleidigtes Gesicht.
Ich guckte Moppel an, aber die tat, als wäre nichts weiter passiert. Sie verzog sich unter mein Hochbett und fing an, sich in aller Seelenruhe zu putzen. Kam es mir nur so vor oder grinste sie zufrieden?
„Du hast ihr unterstellt, dass sie nichts denkt", erklärte ich leise. „Das beleidigt ihr Katzen-Ich."
„Ihr Katzen-Ich! Ich lach mich tot! Moppel soll sich bloß nicht so wichtig nehmen." Emma stand auf, wobei ihr Ringelshirt hochrutschte. „Aber gut. Wenn sie unbedingt will, holen wir Anton rein. Dann kannst du ja mal gucken, ob du auch seine Gedanken lesen kannst." Sie zog ihr Shirt wieder runter.
„Kann ich nicht", sagte ich.
„Das hast du schon gecheckt?"

Ich nickte. „Schlimm?"
„Nicht schlimm, aber ..." Emma wischte mit der Hand durch die Luft.
Fritzi hätte mich ruhig einweihen können!
„Tut mir wirklich leid, Krümel."
Emma schmatzte ein paar Mal mit ihrer Zahnspange, dann huschte sie hinaus.
„Ach, Moppel!", seufzte ich. „Manchmal ist es gar nicht so leicht, ein Mensch zu sein! Das kannst du mir glauben."
Ein paar Moppel-Miaus später kam Emma mit ihrem Hund zurück. Vorsichtshalber hatte sie ihn an der kurzen Leine. Anton blieb auf der Türschwelle stehen und knurrte leise. Moppel hörte auf, sich zu putzen, guckte unter ihrem Bein hindurch, das akrobatisch in die Luft gereckt war, und begrüßte Anton mit einem zickigen Miau.
Anton knurrte lauter. Moppel miaute angriffslustig.
Das konnte ja heiter werden!
„Was machen wir denn jetzt?", fragte Emma. „Soll ich ihn wieder rausbringen?"
„Warte mal. Die müssen sich erst aneinander gewöhnen."
Das Geknurre und Gemaunze ging noch eine ganze Weile weiter, dann erklärte Emma: „Also, mir reicht's. Entweder fetzt ihr euch jetzt richtig oder ihr habt euch für immer lieb."

Als hätten die beiden sie verstanden, wurden sie still und guckten sich einfach nur an. Anton wedelte sogar ein bisschen mit dem Schwanz.
Ich musste kichern. „Das glaube ich ja wohl nicht, Emma. Ist das jetzt doch so was wie Liebe auf den zweiten Blick?"
„Ich fände es ja schon okay, wenn sie sich nicht gegenseitig jagen und beißen", meinte Emma. „Dann könnte ich Anton öfter mal mitbringen und wir hätten unsere Ruhe."
Emma ließ die Leine zur Probe ein Stück locker und Anton lief schwanzwedelnd auf Moppel zu. Die beiden beschnupperten sich, erst noch etwas misstrauisch, aber zum Glück passierte keine große Katastrophe.
„Uff, sie mögen sich", meinte Emma.
„Uff, sie mögen sich wirklich!", fügte ich hinzu.
Wie aufs Stichwort begannen die beiden durch mein Zimmer zu tollen. Emma und ich guckten belustigt zu und vergaßen darüber glatt, uns über den Diebstahl in der Kantine auszutauschen.
Das taten wir erst, als Emma schon ihre Jacke überzog und mit ihrem Kuchenbauch zur Tür watschelte.
„Auf jeden Fall bleibe ich an der Tiedje dran, darauf kannst du Gift nehmen", erklärte ich und tickte gegen den WGDRDW-Button, den Emma an ihrer pinkfarbenen Regenjacke befestigt

hatte. Vor einiger Zeit hatten meine Freundin und ich den *Wir-gegen-den-Rest-der-Welt*-Club gegründet und uns geschworen, dass niemand außer uns selbst jemals Zutritt zu unserem Club haben würde.

„Klar“, erwiderte Emma, „wozu kannst du auch sonst Gedanken lesen?“

Wir klatschten uns ab und dann ging Emma mit Moppels neuem Freund Anton nach Hause.

Es war schon spät, als wir zu Abend aßen.

Mama war mit glänzenden Augen von einem Vorstellungsgespräch im Krankenhaus nach Hause gekommen. Sie hatte einen neuen Job und schien das richtig spacig zu finden. Nur schade um die Leutchen im Seniorenheim, die jetzt auf sie verzichten mussten.

Papa hatte zur Feier des Tages eine riesige Portion Lasagne in den Ofen geschoben. Das war bloß ein Glück, denn meine Schwester Klara hatte ihren Freund Felix mitgebracht. Felix arbeitet wie sie beim Fernsehen. Er ist ein richtig cooler Typ und auch noch irre nett, aber er futtert für drei.

Seit ich Gedanken lesen kann, setze ich mich meistens ans Kopfende des Tisches. Damit ich weit genug von den anderen weg bin und nicht ständig ihre Köpfe anzapfe, ohne es eigentlich zu wollen. Gedankenlesen ist manchmal ganz schön anstrengend.
Trotzdem wehten mich ab und zu ein paar Fetzen an. Im Moment die von Klara, die mir am nächsten saß.
... bis dahin muss ich noch Sachen aussortieren ... packen ... es endlich Mama und Papa sagen ... ach, und Fritzi ... Vielleicht freut sie sich ja sogar, dann kann sie endlich ...
Sie hörte mitten im Satz auf und ich guckte zu Klara rüber. Sachen aussortieren? Packen? Mama und Papa Bescheid sagen? Und worüber würde ich mich vielleicht freuen?
„Ich bin so stolz auf dich!" Papa drückte Mama ein Küsschen auf die Wange. „Jetzt werden die Kranken dank deiner Vollwertkost bestimmt viel schneller gesund."
Mama seufzte. „Ich hoffe nur, dass ich alles so umsetzen kann, wie ich mir das vorstelle. Gesundes Essen kostet eben mehr Geld als Großkantinen-Pamps."
Wow!, wehte es mich von Klara an. *Mama ist echt cool.*
Ich hatte nur mit einem Ohr hingehört, aber es sah fast so aus, als würde Mama das ganze Essen im Krankenhaus umkrempeln wollen.

„Super, Mama", murmelte ich, weil sie mich so beifallheischend anguckte.
Mama flatterte wie ein aufgeschrecktes Huhn vom Stuhl und nahm eine Flasche Sekt aus dem Kühlschrank. „Und darauf stoßen wir jetzt an. Klara, holst du mal bitte Gläser aus dem Wohnzimmer?"
Meine Schwester ließ sich das nicht zweimal sagen und huschte an mir vorbei.
Dann können wir auch gleich auf mich anstoßen, hörte ich noch, dann war sie schon draußen.
Während Mama die Sektflasche entkorkte, saß Papa mit Grinsegesicht da und wippte mit den Knien. Ich lehnte mich ein paar Zentimeter zu ihm rüber.
Always walk on the bright side of life, düdü, düdüdüdüdüdü.
Autsch, er sang in Gedanken! Aber es klang so schief und krumm, dass ich zurückzuckte. Davon bekam man ja Ohrenschmerzen.
„Und ich krieg nichts?", maulte ich, als Klara kurz darauf mit einem Tablett anmarschiert kam, auf dem bloß vier Gläser standen.
„Du bist elf, Fritzi", sagte Mama, als ob ich das nicht selbst wüsste. „Nimm dir doch eine Limo aus dem Kühlschrank."
Limo! Wie babylangweilig war das denn!

Die Erwachsenen stießen an, dann erkundigte sich Papa nach Mamas Arbeitszeiten.
„Morgens fange ich ganz normal um neun an." Ihr besorgter Blick ging zu mir. „Abends kann es aber schon mal länger werden. Zumindest in den ersten Wochen."
Keine Ahnung, wo das Problem sein sollte. Ab und zu aß ich mittags sowieso in der Schulcafeteria oder Papa brachte mir was aus dem Café rüber. Und zum Abendbrot konnte ich mir auch selbst ein Brot schmieren.
„Fritzi kriegt das schon gebacken", sagte Klara. „Außerdem bin ich ja auch noch da."
Felix verschluckte sich am letzten Bissen Lasagne und musste husten. Gleichzeitig zog meine Schwester ein Gesicht, als hätte sie in einen Hering gebissen. „Äh, also theoretisch jedenfalls", fügte sie hinzu.
„Wie meinst du das?", fragte ich und lehnte mich zu ihr rüber, um ihre Gedanken zu erlauschen. Dummerweise dachte sie aber nur das Wort *Nachttischlampe*, was nicht gerade superaufschlussreich war.
„Also, das ist so." Klara griff nach Felix' Hand. „Felix, willst du es ihnen sagen?"
Ich ahnte Übles. Vor einiger Zeit war meine Schwester mit dem Serienstar Roberto zusammen (der ein fieser Ladykiller ist)

und fast hätte sie sich mit ihm verlobt. Ob Klara das Gleiche nun mit Felix vorhatte?

Ich mochte Felix wirklich. Er ist ein super Kameramann, hat schöne ozeanblaue Augen und wie meine Schwester interessiert er sich für den Umweltschutz. Trotzdem mussten die beiden ja nicht gleich heiraten.

„Aber ihr verlobt euch jetzt nicht, oder?", fragte ich.

Klara schüttelte ihre schönen braunen Haare und lachte. „Nein, Fritzi! Wir haben uns nur überlegt ... Wir wollen zusammenziehen."

WUSCH machte es in meinem Kopf und dann lag meine Stirn auf der Tischplatte.

„Fritzi?" Klara tätschelte meine Schulter.

Ich kam wieder hoch und würgte hervor: „Aber wozu denn?"

Klara lächelte irgendwie künstlich und ich beugte mich rasch zu ihr rüber.

Hoffentlich geht das auch gut ...

„Stell dir bloß vor, das geht nicht gut!", rief ich.

Klara riss die Augen auf und sah mich verwirrt an.

Was redet sie denn da? Genau das hab ich doch gerade gedacht!

„Warum sollte es nicht gut gehen?" Felix schaute angestrengt in sein Sektglas. Vielleicht zählte er ja die vielen kleinen Bläschen.

Unauffällig neigte ich mich zur anderen Seite.

Sie ist doch mein Ein und Alles! Die Mohnblume am Straßenrand, das Sahnehäubchen auf dem Dessert, das Schönwetterwölkchen am Sommerhimmel!

So traurig die ganze Sache war, nun musste ich doch kichern. Typisch Felix. Er liebt originelle Liebeserklärungen und hat Klara schon romantische SMS und Gedichte geschrieben.

„Was ist jetzt so komisch?“, wollte Klara wissen.

„Gar nichts“, nuschelte ich und nahm mir von der Lasagne.

Klara guckte Mama und Papa an, die immer noch keinen Ton rausbrachten. „Was sagt ihr denn nun dazu?“

Papa räusperte sich, was klang, als hätte Moppel Schluckauf.

Er erhob er sein Glas und krächzte: „Das ist ein Ding! Dann haben wir heute also gleich zwei Ereignisse zu feiern. Katja hat einen tollen neuen Job und unsere Große zieht aus.“

„Unsere Große zieht aus“, murmelte Mama in ihr Sektglas. Wahrscheinlich war sie jetzt auch am Bläschenzählen.

„Tut mir leid, wir wollten euch nicht den Abend verderben.“ Klara klang eingeschnappt. „Ich bin 24! Soll ich etwa erst mit 50 von zu Hause ausziehen?“

„Nein, natürlich nicht“, meinte Papa und seine Gesichtszüge entspannten sich. „Wir freuen uns für euch.“

Mama nickte dazu, als hätte sie einen Wackelkontakt im Kopf. „Das kam jetzt nur so überraschend."

„Also auf euch!", rief Papa. „Und auf meine wunderbare Frau!"

Und wer trinkt auf Fritzi?

Moppel war auf meinen Schoß gesprungen, um mich zu trösten.

„Keiner", brummte ich in ihr Fell.

„Was sagst du, Fritzi?", fragte Klara.

„Dass ich ... äh ... ja Moppel habe. Und Emma und Papa. Und ich mich ja auch freue, wenn ihr ..." Meine Blicke gingen zwischen Mama und Klara hin und her. „Also, wenn ihr glücklich seid."

Das war nicht mal gelogen. Ich gönnte Mama ihre neue Arbeit und Klara ihren Felix. Und trotzdem war es ein doofes Gefühl. Als hätte jemand die Karten neu gemischt und ich den Schwarzen Peter gezogen.

Ein blutrünstiger Morgen

Der nächste Tag ging schon mal gut los. Ich stand im Bad und flocht meine Haare zu Zöpfen, als seltsame Geräusche an mein Ohr drangen.

Jemand grunzte wie ein Schwein. (Papa?)

Jemand schrie laut auf. (Klara oder Mama?)

Jemand rief: „Oh nein!“ (Felix?)

Dazu miaute Moppel herzzerreißend.

Ich ließ die Bürste fallen und lief in die Küche. Vor Schreck blieb ich wie angewurzelt stehen.

Auf dem Fußboden: Blutflecken und ein Messer.

An der Spüle: Papa, der fluchend ein Papiertuch auf seine Hand presste.

Am Küchentisch: Mama und Klara, hektisch im Verbandskasten wühlend.

Gegen die Wand gelehnt: Felix, genauso weiß wie die Wand hinter ihm.
Unter dem Tisch: Moppel, geduckt, jederzeit zur Flucht bereit.
Hatte Felix versucht, Papa umzubringen, und war dann von Moppel angegriffen worden? Oder war Klara auf Felix losgegangen, weil er nicht mehr mit ihr zusammenziehen wollte, und Papa war dazwischengegangen?
„Was ist hier los?“, krächzte ich.
Alle Köpfe flogen zu mir, im nächsten Moment stieß Felix ein heiseres „Oh!“ aus und sackte die Wand runter.
„Felix!“, schrie Klara und Mama jaulte etwas, das wie „Oh, mein Gott!“ klang.
Papa presste immer noch das Tuch auf seine Hand und murmelte: „Hätte ich nur nicht ...“
Was er besser nicht getan hätte, blieb offen. Zum Glück schlug Felix gleich wieder die Augen auf.
„Häh?“, fragte er bedeppert.
Klara half ihm, sich aufzurichten. „Du bist umgekippt! Einfach so!“
Sie klang ein bisschen vorwurfsvoll, was völlig unsinnig war, weil Felix garantiert nicht absichtlich in Ohnmacht gefallen war.

„Ich kann kein Blut sehen", gestand er. „Ziemlich peinlich. Ich weiß."

„Tut dir was weh?"

Felix schüttelte den Kopf. „Alles noch da, wo es hingehört."

„Fritzi, nun wisch doch endlich mal das Blut weg!", kläffte Klara. Als hätte ich hier mit dem Messer gewütet!

„Kann mir vielleicht endlich mal jemand sagen, was hier los ist?"

Während ich mir die Haushaltsrolle schnappte und an die Arbeit ging, leerte Mama den Verbandskasten auf dem Küchentisch aus.

„Ich bin an allem schuld!", jammerte sie. „Ich ganz allein!"

„Das stimmt doch jetzt nicht, Katja", beschwichtigte Papa. Er zwinkerte mir zu. „Ich war leider zu ungeschickt, einen Apfel für das gesunde Müsli durchzuschneiden."

„Aber wenn ich nicht gesagt hätte, dass du ein gesundes Müsli zum Frühstück essen sollst, wäre das gar nicht erst passiert."

Wieso isst er auch immer diese blöden Weißmehlbrötchen?, waberte es mich von Mama an, als ich wieder hochkam. *Die machen nur dick!*

Ich warf das Papier weg, wobei ich Papa ziemlich nahe kam.

Vielleicht lernt sie bei ihrer neuen Arbeit einen schlanken Mann kennen ... und findet den ganz toll ...

„Nein!“, rief ich.
„Was – nein?“, wollte Papa wissen und auch Mama, die endlich das Verbandszeug gefunden hatte, guckte fragend.
„Äh, nichts“, nuschelte ich und ging lieber aus Papas Gedanken-Dunstkreis. „Ich meinte nur, du sollst dich nicht wieder in den Finger schneiden.“
Mama schickte den empfindlichen Felix raus, dann machte sie sich daran, die Wunde zu verbinden.
„Arbeiten kann ich damit heute jedenfalls nicht.“ Papa beguckte seinen dick verbundenen Daumen. „Und Fritzis Mittagessen fällt auch aus.“
„Macht nichts“, sagte ich. „Ich kann doch in der Schule in der Cafeteria essen.“
Das war jetzt ziemlich clever von mir. Eine bessere Gelegenheit gab es nicht, um der Tiedje weiter auf den Zahn zu fühlen.
Mama fand die Idee auch ganz ausgezeichnet. Sie zückte ihre Geldbörse und reichte mir einen Geldschein. „Und nimm dir bitte einen kleinen Salat zum Essen. Oder wenigstens einen Fruchtsaft, ja?“
Ich nickte.
Kurz darauf saßen wir alle am Frühstückstisch und wie jeden anderen Morgen auch war es ziemlich hektisch. Ich hatte vergessen, eine Grammatikübung in Englisch zu machen.

Die erledigte ich nun, begleitet von Papas besorgtem Gedankengewaber. *Wer soll jetzt den vielen Kuchen backen? Ich kann ja nicht mal ein Ei aufschlagen. Oder eine Schüssel abspülen.* Nebenbei schlang ich das gesunde, apfelfreie Müsli runter.

„Wer hat die denn weggeworfen?", fragte Klara, als ich schon das Englischheft in meinem Rucksack verstaute. Sie stand im Türrahmen und wedelte mit der *Ich liebe dich, Werner!*-Unterhose. „Die suche ich schon seit Urzeiten!"

„Wieso das denn?" Ehrlich gesagt war ich ziemlich baff. „Die ist doch total hässlich."

„Nein, die ist kultig! Du hast ja keine Ahnung! Sie stammt aus dem uralten Film *Eine Currywurst zum Knutschen*." Ihre Stimme hatte einen unangenehmen Sirenenton.

Stille. Niemand sagte ein Wort. Nur ich konnte mich nicht beherrschen und kicherte los.

„ALSO, WER WAR DAS?"

„Ich nicht", meinte Mama. Und glucksend fügte sie hinzu, dass sie den Film ja nicht mal kennen würde.

„Ich auch nicht." Papa grinste ebenfalls. „Und mit kultigen Unterhosen hab ich's schon gar nicht."

„Fritzi?" Klara sah mich an, als hätte ich vorgehabt, die wertvollsten Kleidungsstücke ihres Kleiderschranks im Internet zu verscherbeln.

„Okay, ja, ich war's", gab ich zu.

Klaras Blick wurde noch giftiger. „Wie kommst du dazu, einfach an meinen Schrank zu gehen?"

„Die ganze Klasse hat mich gestern wegen dem Horrorteil ausgelacht!", beschwerte ich mich. „Also, die Mädchen in der Umkleide", setzte ich nach. Ich hatte keine Lust, die peinliche Geschichte von A bis Z zu erzählen.

„Und ich hab mich schon die ganze Zeit gefragt, wer mir die Unterhose aus dem Schrank geklaut hat", brummte meine Schwester.

„Reg dich nicht auf, Klara", meinte Mama. „Fritzi konnte ja nicht wissen, dass sie dir so viel bedeutet."

„Nee, konnte ich nicht", nuschelte ich, schnappte mir mein Pausenbrot und stand auf.

Im Vorbeigehen hörte ich: *Nur gut, dass ich hier bald weg bin! Wenn Fritzi mich schon beklaut!*

Ein Rums ging durch meinen Magen. Meine Schwester zog mit ihrem Liebsten zusammen – das war schlimm. Noch schlimmer war aber, dass sie mich nicht mal vermissen würde.

Ist das krass!

Es war große Pause. Emma und ich schlichen unauffällig durch die Schulcafeteria und beobachteten Frau Tiedje. Bisher war sie freundlich wie immer und ich hatte auch nicht sehen können, dass sie Geld in ihre Kittelschürze gesteckt hatte.

Emma bewegte die Lippen, aber weil ich über Kopfhörer Gitarrenmusik hörte, verstand ich nicht, was sie sagte.

„Häh?“, machte ich und zog die Kopfhörer von den Ohren.

„Wieso du schon den ganzen Tag so ein Gesicht ziehst!“, brüllte sie, auch wenn das gar nicht mehr nötig war.

„Klara“, sagte ich mit Grabesstimme.

„Was ist mit Klara?“

„Sei bloß froh, dass du nur drei kleine Nervensägen zu Hause hast“, brummte ich. „Ich würde sie gerne gegen meine große Horror-Schwester tauschen.“

„Wieso, Klara ischt doch total nett“, meinte Emma. „Sie hat mir schon scho viele tolle Schauspielerautogramme besorgt.“
„Klara zieht mit Felix zusammen.“ Ich zog eine Grimasse. „Die beiden haben eine Wohnung gefunden.“
„Isch verschteeh disch nisch“, nuschelte Emma. Sie verbesserte den Sitz ihrer Zahnspange und fuhr normal fort: „Du wolltest doch die ganze Zeit, dass Klara sich vom Ladykiller trennt und mit Felix zusammenkommt.“
„Ja, schon“, schnaufte ich. „Aber sie muss ja nicht gleich mit ihm zusammenziehen!“
Herrje, Fritzi! Klara ist schon 24!
„Danke, dass du mich dran erinnerst. Hätte ich glatt vergessen.“
„Grrr“, machte Emma.
Es war inzwischen schon fast normal, dass ich hin und wieder auf ihre Gedanken antwortete.
„Was ist denn eigentlich so schlimm daran?“, wollte Emma wissen. „Du kannst sie doch jederzeit besuchen.“
„Du meinst also, es macht keinen Unterschied, ob man jemanden besucht oder mit jemandem zusammenwohnt?“
Emma zuckte mit den Achseln, dann biss sie in ihr Brötchen, das dick mit Nussnougatcreme beschmiert war. Mama würde mir was husten, wenn ich so was mit in die Schule nehmen

wollte. Ein Brötchen, das auf der Vitamin-Skala bei minus vier lag. Ich schielte so lange gierig darauf, bis Emma mich abbeißen ließ.

„Hm, wie lecker!", stöhnte ich.

Ja, hm, wie lecker! Bring dir doch selbst eins mit.

„Du weißt doch, dass ich bei Mama nur Vollkornbrot mit Radieschen drauf kriege."

Hör auf, meine Gedanken anzuzapfen, Fritzi!

Ich musste kichern. Eigentlich brauchte Emma gar nichts mehr laut zu sagen, ich bekam sowieso ständig mit, was sie dachte. Weil wir die meiste Zeit wie Brief und Briefmarke aneinanderklebten.

„Ist ja schon gut", sagte ich und ging auf Abstand.

Emma ist zwar meine allerbeste Freundin, aber manche Sachen versteht sie einfach nicht. Zum Beispiel wie leer sich eine Wohnung anfühlen kann, wenn die Eltern bei der Arbeit sind und die Schwester auch noch beim Freund übernachtet. Bei ihr ist immer irgendwer da. Ihre Mutter oder ihre vielen Schwestern. Und falls doch mal alle ausgeflogen sind, tanzt der Au-pair-Boy Jeff aus New York um sie herum.

Pepe und Emil aus der Hornbrillen-Gang schlichen an uns vorüber. Wie üblich mampften sie einen Döner (den holen sie in der Pause im Imbiss an der Bushaltestelle, was eigentlich verboten ist). Und wie üblich hinterließen sie eine Klecker-Spur aus Fleischbröckchen, Salat und Soße. Ich wettete, Pepe dachte gerade etwas ganz Gemeines über mich. So gerissen, wie er guckte! Doch als sich fast unsere Ellenbogen berührten, lächelte er nur und ich hörte: *Irgendwann frage ich sie mal!*

Wie bitte? Was wollte Pepe mich fragen? Vielleicht, warum ich so eine Null am Computer bin? Ich weiß gerade, wo der Ein-Knopf ist, wie man chattet und googelt, aber das Tippen von E-Mails dauert bei mir so ewig lange, dass die Milch darüber sauer wird.

„Wieso hast du denn Pepe so angestarrt?", wollte Emma wissen, als die Jungs nicht mehr zu sehen waren. „Bist du etwa in ihn verknallt?"

„Ich kann mich gerade noch beherrschen." Ich zeigte Emma einen Vogel. „Er hat nur was gedacht."

„Wie, was denn?"

„Dass er mich etwas fragen will. Und bevor du weiter nachbohrst, er hat mir nicht verraten, was genau."

Emma blies die Backen, dann prustete sie los. „Vielleicht ist er ja in dich verliebt!"

Wieder tippte ich mir an die Stirn. Pepe interessiert sich vielleicht für Bits und Bytes, aber nicht für Mädchen!

„Und wenn doch?"

„Quietsch hier nicht so laut rum. Das muss ja nicht jeder mitkriegen."
Zum Glück hielt Emma endlich ihren Mund.
Es klingelte und wir schlenderten zurück in die Klasse. Die Luft war so abgestanden, dass ich am liebsten gleich auf dem Absatz kehrtgemacht hätte. Wahrscheinlich hatte wieder keiner gelüftet. Mein Blick fiel auf Lisa, die auf dem Tisch hockte und die Hände vors Gesicht geschlagen hatte. Sie weinte.
Ein paar aus unserer Klasse standen um sie herum und gafften sie an.
„Heulsuse!", trötete Thierry.
„Das sollte dir mal passieren", blaffte Henriette ihn an.
Ich drängelte mich vor. „Was ist denn los? Wieso weinst du?"
Statt zu antworten, schluchzte Lisa bloß noch lauter.
„Jetzt ist auch noch ihr Portemonnaie mit ihrer Fahrkarte und ihrem Schülerausweis verschwunden", klärte Lucija mich auf. „Sie weiß nicht, wie sie heute nach Hause kommen soll."
Ich griff in die Taschen meiner roten Weste. Zum Glück war der Geldschein von Mama noch da.
„Ich kann dir was leihen", bot ich Lisa an. Selbst wenn ich Emmas Mittagessen mitbezahlte, blieben von Mamas Geld immer noch ein paar Euro übrig.

Sie starrte durch mich hindurch, als hätte sie mich nicht gehört.

Jemand hasst mich! Dabei hab ich niemandem was getan!

Ich wollte Lisa die Hand auf den Arm legen, aber sie sprang auf und rannte aus dem Klassenzimmer.

„Ey, kann es sein, dass du das warst?“ Thierry starrte mich an.

„Ey, kann es sein, dass du ein ganz großer Hirni bist?“, zischte ich und ließ den Blödmann stehen.

„Ist das krass!“, stöhnte Emma, als wir uns setzten.

Emma hatte Recht. Das war krass. Ich nahm mein Federmäppchen raus, traute mich aber kaum, es einfach so auf den Tisch zu legen. Nicht, dass es auch gleich gemopst wurde.

Ich scannte die Leutchen aus meiner Klasse.

„Ich wette, der Dieb ist einer von denen hier.“

„Also nicht die Tiedje?“, flüsterte Emma aufgeregt.

Ich schüttelte den Kopf. „Die kann schlecht gleichzeitig in der Cafeteria abkassieren und bei uns in der Klasse klauen.“

„Aber vielleicht hat sie einen Komplizen. Der es aus irgendwelchen Gründen auf Lisa abgesehen hat.“

„Und was für Gründe sollen das sein?“

Emma zuckte mit den Achseln.

„Außerdem bin ich jetzt ja der Buhmann“, brummte ich. „Das hat man davon, wenn man nur nett sein will.“

Kurz darauf kam Lisa zurück. Schniefend ließ sie sich auf den Stuhl fallen. „Tut mir leid, Fritzi."

Fritzi ist so eine Nette. Hoffentlich ist sie mir nicht böse.

Sie wühlte in ihrem Ranzen und holte den Füller raus, den ich ihr geliehen hatte. „Den brauche ich nicht mehr. Mein Bruder hat mir seinen alten Füller gegeben. Vielen Dank noch mal."

„Schon okay."

Lisa seufzte. „Wie soll ich meinen Eltern nur beibringen, dass jetzt auch noch meine Monatskarte und mein Schülerausweis weg sind?"

„Vielleicht hast du die Sachen ja nur verlegt", tröstete ich sie, ohne wirklich daran zu glauben.

„Uahhhh!", ertönte ein Schrei.

Ich drehte mich um und sah Jonas wie durchgedreht umherhüpfen. Als hätte jemand einen Chinaböller unter seinem Hintern gezündet. „Meine Baseballcap ist weg! Scheiße, Mann, wo ist meine Baseballcap?"

Alle starrten zu Jonas rüber. Er steuerte jetzt auf Thierry zu und blieb, die Hände in die Hüften gestemmt, vor ihm stehen.

„Wie … du meinst jetzt aber nicht, dass ich das war?", stotterte Thierry.

„Keine Ahnung. Sag du es mir."

„Ich kann mich gerade noch beherrschen. Was soll ich denn mit Lisas Monatskarte? Ich fahr doch Rad. Und deine Mütze … sorry, aber die ist ziemlich uncool."

„Sag das noch mal!"

Jonas robbte über den Tisch auf Thierry zu, seine Arme wirbelten durch die Luft. Bevor sich die beiden prügeln konnten, ging die Tür auf und Frau Kralle-Kahn kam herein.

„Herrschaften, was ist hier los?", donnerte sie. „Man hört euch ja bis in die Aula!"

Sie lief auf ihren Storchenbeinen, die wie üblich in rosa Strumpfhosen steckten, zum Pult.

Lucija hob schüchtern die Hand.

„Ja, Lucija?"

„Seit gestern klaut hier jemand. Lisa ist schon zweimal bestohlen worden und jetzt auch noch Jonas."

Frau Kralle-Kahn schob ihre Hornbrille zurück auf die Nasenwurzel.

„Was ist denn weggekommen, Lisa?"

„Ähm … mein Zirkel, mein Federmäppchen, meine Monatskarte, mein Schülerausweis und …"

Jonas' Finger schnellte in die Luft. „Meine Baseballcap."

„Und ihr habt die Sachen nicht aus Versehen verlegt?"

„Nein!", riefen die beiden wie aus einem Mund.

Frau Kralle-Kahn zuckte nicht mal mit der Wimper und klappte die Tafel auf.

„Und jetzt?“, wollte Henriette wissen. Sie ist in diesem Schuljahr unsere Klassensprecherin und nimmt ihre Aufgabe ziemlich ernst.

Frau Kralle-Kahn drehte sich um: „Falls die Sachen nicht wieder auftauchen, solltet ihr die Angelegenheit auf jeden Fall mit eurem Klassenlehrer besprechen. Lisa, hast du Geld für eine Fahrkarte?“

Lisa guckte zu mir rüber. „Fritzi kann mir was leihen.“

Frau Kralle-Kahn nickte zufrieden. „Gut. Und jetzt schlagt bitte Seite 34 auf.“

Arme Lisa. Armer Jonas. So froh ich war, dass ich nicht bestohlen worden war, so blöd fühlte ich mich, dass es zwei anderen aus meiner Klasse passiert war.

Und dann noch die Sache mit der Tiedje! Klaute an dieser Schule eigentlich jeder? Oder wieso verschwanden so viele Sachen?

Ich musste was unternehmen. Und zwar schnell!

Lisa, Emma und ich standen bei Frau Tiedje in der Cafeteria Schlange.
Lisa, weil sie darauf wartete, dass ich meinen Zehn-Euro-Schein wechselte und ihr das Geld für den Bus lieh.
Emma, weil sie nach Kartoffelsalat mit Würstchen gierte.
Ich, weil ich auch nach etwas Leckerem gierte und den Fall Tiedje weiter untersuchen musste.
„Frau Kralle-Kahn ist ganz schön gemein." Lisa rückte ihren Haarreif zurecht. „Wie kann sie behaupten, dass ich meine Sachen verlegt habe?"
„Vielleicht hat sie ja Stress mit der Matschbacke", warf ich ein. Herr Matschke ist unser Klassenlehrer, wird aber von fast allen nur Matschbacke genannt. So wie Frau Kralle-Kahn wegen ihrer rosafarbenen Klamotten Flamingo heißt.
„Häh? Wieso?" Lisa machte große Augen.
„Na, weil ..." Emma blies die Backen auf, dann stieß sie hervor: „Flamingo liebt Matschbacke!"
„Nee, echt?" Lisas Blick ging zu mir. „Woher wisst ihr das?"
Emmas wollte wohl etwas sagen, aber ich rempelte sie vorsichtshalber an. Nicht, dass sie sich aus Versehen noch verplapperte. Ich hatte es ja nur rausbekommen, weil ich Gedanken anzapfen konnte. Und davon durfte natürlich niemand aus unserer Klasse erfahren.

„Das merkt man doch“, meinte Emma neunmalklug und plinkerte mich an.
„Genau!“, ergänzte ich. „Frau Kralle-Kahn hat immer Herzchen in den Augen, wenn sie Herrn Matschke sieht.“
„Ist ja ein Ding“, staunte Lisa.
„Trotzdem hätte sie die Sache mal ein bisschen ernster nehmen können“, sagte ich.
„Wart mal!“ Lisa krallte sich an meinem Arm fest, wobei ihr Haarreif wieder verrutschte.
„Ja, ich warte doch.“
„Und wenn sie die Diebin ist? Mein Federmäppchen ist rosa! Das ist ihre Lieblingsfarbe!“
„Und Jonas’ Baseballcap? Ist die vielleicht auch rosa? Außerdem erklärt das weder den Zirkel noch die Monatskarte noch den Schülerausweis.“
Lisa und Emma kicherten. Wahrscheinlich hatten sie sich Jonas mit rosafarbener Baseballcap vorgestellt. Und darunter lugte seine Ritterhelmfrisur hervor.
Wir waren in der Schlange vorgerückt und Frau Tiedje fragte freundlich wie immer: „Was darf’s denn sein?“
Ich lehnte mich so weit vor, dass ich fast in den Kühltresen kippte. Vielleicht dachte Frau Tiedje ja wieder etwas Interessantes? Aber ich hörte nichts. Ihr Hirn schien so leer zu sein

wie Moppels Fressnapf, zirka zwei Sekunden nachdem man ihn ihr mit leckerem Thunfischfutter hingestellt hatte.
„Einmal Kartoffelsalat mit Würstchen, einmal Fisch", krächzte ich.
Der Fisch war für mich. Wegen der Salatbeilage. Damit es später kein Gemecker von Mama gab. Wobei ich natürlich auch die Würstchen hätte nehmen und bei Mama behaupten können, dass ich Fisch und Salat gegessen hatte.
Das fiel mir aber erst ein, als die Kantinenhilfe unser Essen aufgefüllt hatte und Frau Tiedje die Beträge in die Kasse tippte.
„Noch was zu trinken?", fragte sie.
Emma und ich schüttelten die Köpfe. Wir hatten beide unsere Trinkflaschen dabei, was viel billiger ist, als teure Wasserflaschen oder Säfte zu kaufen.
„Das macht dann 4,75."
Ich reichte Frau Tiedje den Zehn-Euro-Schein, neigte mich noch ein paar Millimeter vor und konzentrierte mich stark.
Taritara und fallalla! Nachher geh ich mit den Kegeldamen ein Sektchen trinken! Und vielleicht ist Kläuschen ja wieder da und ...
Die Kasse sprang auf. Ihre Finger grabbelten in den Fächern hin und her, Münzen klapperten, dann drückte sie mir einen Haufen Kleingeld in die Hand.

„Guten Appetit!“

Husch! Mach schon Platz!

Mist! Gerade jetzt, wo es interessant wurde. Schon wurden wir in der Schlange weitergeschoben. Erst als Emma Besteck und Servietten aufs Tablett legte, kam ich dazu, das Geld nachzuzählen.

„10 minus 4,75 sind doch 5,25, oder?“

Lisa und Emma nickten.

„Die Tiedje hat mir aber nur fünf Euro rausgegeben.“

Emma starrte mich an. „Also doch“, sagte sie und ihre Augen flackerten nervös.

„Was, also doch?“, wollte Lisa wissen.

„Fritzi glaubt, dass die Tiedje beim Abkassieren schummelt“, meinte Emma.

Bevor Lisa etwas sagen konnte, hatte ich auf dem Absatz kehrtgemacht und mich zur Kasse vorgedrängelt.

„Ey!“, raunzte mich ein Junge an, der gerade Würstchen bestellt hatte.

„Gucken Sie mal, Frau Tiedje!“ Ich hielt meine Hand voll Kleingeld hoch.

„Was denn?“

Schon wieder dieses nervige Blag mit den Zöpfen!

„Da fehlen noch 25 Cent!“

„Das kann aber gar nicht sein.“ Sie grinste total freundlich.
Erwischt! Himmel! Mich hat noch nie jemand erwischt!
Alle meine Gehirnzellen schlugen gleichzeitig Alarm. Ich hatte Recht gehabt. Die Tiedje war eine hundsgemeine Diebin!
„Doch, das kann sein. Ich hatte einmal Würstchen und einmal Fisch, das macht 4,75. Ich habe Ihnen zehn Euro gegeben, aber nur fünf Euro zurückbekommen.“
Frau Tiedjes Lächeln erlosch. Sie ließ die Kasse aufspringen und starrte hinein, als könnte ihr ein Ungeheuer ins Gesicht hüpfen. Dann klappte sie die Lade wieder zu. „Hier stimmt alles. Bis auf den letzten Cent.“
Das vorlaute Ding kann mir überhaupt nichts nachweisen!
Ich zuckte zurück. Jetzt wurde ich langsam echt sauer.
„Gucken Sie mal in Ihrer Kittelschürze nach. Vielleicht ist das Geld ja aus Versehen da reingerutscht.“
Frau Tiedje starrte mich an.
Das Mädchen ist eine Hexe!
Ihre Hand schob sich in ihre Kittelschürze, die sie über einer knallengen Jeans trug.
Wäre ja noch schöner, wenn ich das jetzt vor allen Leuten zugebe.
„Geht das hier mal weiter?“, beschwerte sich der Junge hinter uns. „Ich hab Hunger. Und meine AG fängt bald an.“

„Wahrscheinlich hast du das Geld einfach verlegt“, säuselte Frau Tiedje.
„Ja, wahrscheinlich“, brummte ich und machte, dass ich wegkam.
Ich hatte genug gehört. Schon das zweite Mal hatte die Tiedje Geld unterschlagen. Und langsam war ich mir auch nicht mehr sicher, ob sie bei den Diebstählen in unserer Klasse nicht doch ihre Finger im Spiel hatte.
Erschöpft wie nach einer Schwimmstunde bei Frau Kralle-Kahn rettete ich mich zu Lisa und Emma.
„Und?“, fragte Emma.
„Die Tiedje hat das Geld in ihre eigene Tasche gesteckt. Hundertprozentig!“
Emma seufzte.
Lisa machte ein Bäuerchen.
„Kannst du es beweisen?“, fragte Emma.
Ich schüttelte den Kopf. Wie blöd war das denn! Mit Gedanken, die man gehört hat, kann man leider überhaupt nichts beweisen!
Lisa musste los. Ich gab ihr das Geld für den Bus und sie verabschiedete sich.
„Und jetzt?“ Emma biss so ausgehungert ins Würstchen, dass mir die Spucke im Mund zusammenlief.

Wieso hatte ich eigentlich auf Mama gehört und langweiligen Fisch mit Salat bestellt?
„An der Tiedje bleib ich dran, so viel ist sicher." Ich spießte ein Salatblatt auf und schob es mir in den Mund. „Vielleicht hast du Recht und sie hat einen Komplizen, der bei uns auf Diebestour geht."
„Und wer könnte das sein?"
„Weiß ich doch nicht. Kann ich vielleicht hellsehen?"
„Nee, aber Gedanken lesen." Emma kicherte.
Und meine Würstchen so anstarren, als wärst du in sie verliebt.
„Bin ich ja auch", sagte ich und schob den Salatteller von mir. „Dein Essen sieht viel leckerer aus."
„Dann tauschen wir. Kein Problem." Schwups hatte Emma mir ihren Teller rübergeschoben, zog meinen zu sich heran und machte sich über den Fisch her.
„Krümel, du bist echt die Beste!", rief ich, und wenn ich nicht so hungrig gewesen wäre, hätte ich sie abgeknutscht.
Emma ist nicht nur klein, süß, blond gelockt und knuffig, sondern auch noch großherzig. Eine tollere Freundin gibt es nirgends. Wahrscheinlich nicht mal auf einem anderen Planeten.

Arme Emma!

Vierundzwanzig Minuten später hatten Emma und ich einen Plan ausgetüftelt. Der bestand darin, dass ich die Pausen ab sofort dazu nutzen sollte, die Gedanken meiner Klassenkameraden anzuzapfen. Emma würde als meine Assistentin Augen und Ohren aufsperren und notfalls auch mal jemanden beschatten. Die Ergebnisse wollten wir am Ende der Woche zusammentragen und auswerten. WGDRDW – so stand es ja auch auf unseren Buttons. Endlich war mein Talent wieder mal zu was gut.

„Hallo, jemand da?“, rief ich, als ich am späten Nachmittag voller Zuversicht die Haustür aufschloss.

Moppel kam über den Flur gehoppelt und strich mir um die Beine.

„Miau!“, maunzte sie.

„Ja, ich hab dich auch lieb“, sagte ich und nahm sie auf den Arm. „Ich hab dich sogar ziemlich lieb. Wenn es dich nicht gäbe ...“

Würdest du eine andere Katze lieb haben.

„Gar nicht wahr, Moppel!“

Schon spürte ich ihre Krallen, die sich im Reißverschluss meiner Weste verhakt hatten, dann sprang sie von meinem Arm. Plumps machte es und sie wackelte davon.

Katzen, sag ich nur! Die sind schneller beleidigt als jedes andere Lebewesen.

„Papa?“, versuchte ich es noch einmal, während ich meine Bommelschuhe von den Füßen streifte. Meine Mama war garantiert noch nicht da. Seit Anfang der Woche arbeitete sie im Krankenhaus und abends kam sie selten vor sieben, acht Uhr nach Hause.

„Hier bin ich!“ Das war nicht Papa, sondern Klara.

Ich ging rüber in ihr Zimmer und taumelte gleich wieder rückwärts. Der komplette Inhalt ihres Kleiderschranks lag auf dem Boden verstreut. Jeans und T-Shirts, bunte Oberteile, geblümte Kleider, Pullover und Blusen, Schals in allen Farben und Formen, BHs, Unterhosen, Strümpfe und Strumpfhosen, Pyjamahosen, ihr gepunkteter Bademantel ... Und mitten im Chaos entdeckte ich die *Ich liebe dich, Werner!*-Unterhose.

„Äh, ist dein Schrank explodiert?“, fragte ich, während mein Blick auf ihre Schuhe fiel, die sie vor ihrem Bett aufgereiht hatte. Auch das noch. Meine Schwester liebt Schuhe. Ich könnte wetten, dass sie mehr als 25 Paar besitzt.
„Ich miste aus.“ Klara deutete auf einen Stapel auf ihrem Bett. „Guckst du mal, ob du noch was davon haben willst?“
Ich stieg über die Klamottenberge hinweg, stolperte über ein Paar hochhackige Pumps und plumpste auf ihr Bett. Mitten in den Kleiderhaufen auf ihrem Bett.
„Du willst wirklich ausziehen?“ Zu blöd, dass meine Stimme wackelte.
„Ach, Fritzi!“ Klara sah mich mitleidig an. „Hast du gedacht, dass ich für immer hier wohnen bleibe?“
Ja, das hatte ich!
„Nö“, sagte ich. Wie zur Bekräftigung schüttelte ich meine Zöpfe. Vielleicht würde dadurch auch das doofe Steingefühl in meinem Magen verschwinden.
„Komm mal her.“ Klara breitete ihre Arme aus, aber da ich wie ein gestrandeter Hering liegen blieb, robbte sie zu mir aufs Bett und kuschelte sich an mich. Lavendelduft wehte mich an und während ich noch darüber nachdachte, wieso ich zusätzlich zu dem Stein im Magen auch noch einen Kloß im Hals hatte, fing ich auch schon an zu heulen. Peinlich, peinlich.

Ach, Fritzi, meine Süße! Ich kann's nicht sehen, wenn du weinst.
„Wein doch nicht", sagte sie laut. „Wir werden uns auch weiterhin ganz oft sehen. Das verspreche ich dir."
„Weiß ich doch", schluchzte ich. „Und ich weine ja auch gar nicht!"
„Nein, das tust du nicht." Klara wischte mir lächelnd eine Träne von der Wange. „Und du kannst auch jederzeit bei uns übernachten und dann gucken wir so lange fern, bis wir viereckige Augen kriegen. Und wir essen Chips. Und zum Frühstück gibt es auch überhaupt keine Vitamine. Nur Ungesundes, versprochen!"
„Das wird bestimmt total spacig", presste ich hervor.
Aber würde das wirklich all die anderen einsamen, weniger spacigen Tage, die ich allein zu Hause verbringen musste, wettmachen?
Ein Maunzen war zu hören, dann tauchte Moppels süßes Katzengesicht in der Tür auf.
„Komm rein", sagte ich. „Du störst uns nicht."
Ich wettete, dass sie etwas Freches dachte, aber auf zweieinhalb Meter Entfernung konnte ich ihre Gedanken ja nicht hören.
„Tut mir übrigens leid, dass ich dich wegen der blöden Werner-Unterhose so angeblafft habe", sagte Klara. „Das war richtig blöd von mir."

„Schon okay.“

Moppel sprang zu uns aufs Bett und tapste schnurrend über unsere Oberschenkel. Das war das Tolle an ihr: So schnell sie einschnappte, schnappte sie auch wieder aus. Zum Glück ist sie kein bisschen nachtragend.

„Hast du Lust, mir zu helfen?“ Klara band ihre Modelhaare im Nacken zusammen. „Du darfst dir auch ein schönes T-Shirt aussuchen.“

„Von dem Kleiderhaufen da?“ Ich deutete auf die aussortierten Sachen.

„Egal. Nimm, was dir gefällt.“

„Yippie!“, kreischte ich und wühlte mich schon durch ihre Klamotten. Meine Schwester hat viele tolle T-Shirts mit lustigen Aufdrucken, und da sie dünn wie eine Bohnenstange ist, passen mir ihre Sachen so einigermaßen. Ich konnte mich gar nicht entscheiden und nahm mir am Ende ein blau-weiß geringeltes Matrosen-Shirt. Es reichte mir zwar fast bis zu den Oberschenkeln, aber das machte nichts. Ich wollte einfach gern ein Kleidungsstück von Klara haben.

Es dämmerte schon, als Mama und Papa nach Hause kamen. Klara und ich hatten weiter ihre Sachen aussortiert, wie die Weltmeister gequatscht und darüber ganz die Zeit vergessen.

„Macht euch fertig! Wir gehen zum Italiener", verkündete Mama.
„Gibt's schon wieder was zu feiern?", fragte ich.
Aber Mama meinte, dass jeder Tag ein Festtag sei. Solange wir nur alle zusammen wären. Das fand ich auch. Und vor allem freute ich mich, dass Klara nicht mehr sauer auf mich war.
Als wir alle schon auf dem Flur standen (ich in Klaras ehemaligem Lieblings-Shirt), maunzte Moppel mich traurig an.
Ich will auch zum Italiener!
„Ich weiß, dass es doof ist, allein zu Hause zu bleiben", tröstete ich sie. „Aber ich hab dich ganz doll lieb. So wie ich keine andere Katze lieb haben könnte."
Mama, Papa und Klara guckten, als hätte ich einen an der Waffel. Und dann fuhren wir los.

„Fritzi! FRITZI!", gellte Emmas Stimme durch die Aula.
Im nächsten Moment kam Emma mit wehenden Locken angeflitzt. Der Reißverschluss ihrer Hose stand offen.
„Äh, deine ..."

Bevor ich das Wort Hose sagen konnte, keuchte sie: „Meine Uhr ist weg!"

„Wie, weg?", fragte ich.

„Weg wie weg!"

Sie deutete auf ihr Handgelenk, das ohne ihre Herzenuhr total nackt aussah. Emma trug immer ihre Herzenuhr; ich kannte sie gar nicht anders.

„Äh, Emma?", sagte ich und zeigte auf ihren offen stehenden Hosenstall. Besser, sie löste erst mal Problem eins (damit sich nicht alle über sie scheckig lachten wie bei mir und der Unterhose), bevor wir uns Problem zwei zuwandten.

Oh, Kack!

Emma zog blitzschnell den Reißverschluss hoch.

„Jetzt mal der Reihe nach", sagte ich. „Wie ist das passiert?"

„Ich war Pipi machen. Da hatte ich die Uhr noch um."

War doch so, oder? Ja, genau so war das.

„Also, du warst Pipi machen und hattest die Uhr noch um. Und dann?"

„Dann bin ich in den Vorraum gegangen, um mir die Hände zu waschen."

Huch, aber abgetrocknet habe ich sie nicht, oder?

„Das ist doch jetzt egal, ob du sie abgetrocknet hast oder nicht", meckerte ich.

Emma riss erschrocken die Augen auf. So als wäre es etwas komplett Neues, dass ich ihre Gedanken hörte, wenn ich dicht neben ihr stand.

„Hast du die Uhr abgemacht?"

Emma nickte. „Aber nur ganz kurz. Wirklich minikurz! Das Papier war alle und ich wollte ..."

Mir nur ein bisschen Klopapier holen.

„Grrr", machte ich und ersparte es mir, ihr eine Predigt zu halten. Wobei Emma schon ein bisschen selbst schuld war. Ein Dieb ging an unserer Schule rum und sie legte einfach ihre Herzenuhr ab, die sie über alles liebte! Das war einfach nur dumm.

Ich hakte sie unter und zog sie zurück zum Klo. „Komm, wir gucken noch mal nach."

Für einen Moment blitzte Hoffnung in Emmas Augen auf. Wir schauten in jeder Kabine nach, tasteten die Klorollen ab und guckten sogar hinter die Handtuchspender, aber Emmas Uhr war wie vom Erdboden verschluckt.

Ich heul jetzt gleich, hörte ich, woraufhin ich Emma vorsichtshalber meinen Arm um die Schulter legte. Und dann liefen auch schon die Tränen.

Arme Emma! Es musste schrecklich sein, wenn einem das Schönste, was man hatte, gestohlen wurde. Wenn meine

Gitarre, meine Kopfhörer und mein Lederarmband weg wären, würde es mir genauso gehen.

„Vielleicht kann man die Uhr ja nachkaufen", tröstete ich sie.

„Nein, kann man nicht!", jaulte Emma. „Die gibt's nur einmal auf der Welt!"

Einmal! Einmal! Einmal!

„Ist ja gut", sagte ich, obwohl überhaupt nichts gut war. Die Lage war ernst. Statt dass sich das Problem von selbst erledigte, machte der Dieb immer weiter. Und niemand wusste, wo das alles noch enden würde. Erst gestern waren ein Smiley-Aufkleber von Murat, ein Wurstbrot von Thierry und ein Kuli von Henriette weggekommen.

„Immerhin wissen wir jetzt schon mal, dass der Dieb ein Mädchen oder eine Frau ist", schlussfolgerte ich.

„Wieso, auch Jungs können ins Mädchenklo reinspazieren", wandte Emma ein und rieb die weiße Stelle an ihrem Handgelenk.

„Aber wahrscheinlicher ist es schon, dass es ein Mädchen war."

Fritzi muss auch immer das letzte Wort haben!

„Nein, muss ich nicht." Ich knuffte Emma. „Das Wichtigste ist, dass du deine Uhr zurückkriegst, oder?"

Sie nickte.
„Und deswegen zapfe ich am besten erst mal die Gedanken der Mädchen an.“
Emma war einverstanden. Also stellte ich mich kurz darauf in der Klasse zu Lucija, Wiebke, Henriette und Leni. Die vier teilten sich eine Tüte Chips und unterhielten sich über einen Film. Das heißt, Wiebke, Henriette und Leni quasselten, was das Zeug hielt. Lucija war wie immer schweigsam.
„Dann hat er das Schwert genommen und ihm den Kopf abgeschlagen!“, ereiferte sich Henriette und ein paar Chipskrümel flogen aus ihrem Mund.
„Oh nein!“, schrie Wiebke. „Und solche Filme darfst du dir ansehen?“
„Natürlich nicht. Die gucke ich heimlich.“
„Beim Fernsehen ist doch sowieso nichts echt“, mischte sich Leni ein. „Alles bloß Theaterschminke und Special Effects.“
„Ach, echt? Späschell Effekts?“, fragte ich. Vor einiger Zeit hatten Leni, Emma und ich bei der Serie *Wahre Gefühle* als Komparsinnen mitgemacht und Leni gab bei jeder Gelegenheit furchtbar damit an.
Blöde Kuh. Bleib doch einfach bei deiner doofen Emma und nerv nicht!

Aha, daher wehte also der Wind. Schon seit Urzeiten war Leni neidisch, dass ich eine beste Freundin hatte und sie nicht. Wenn Leni mal ein bisschen netter wäre, hätte sie vielleicht auch eine. Aber wer will schon mit einer Angeberin befreundet sein?

„Alles klar bei euch?", fragte ich in die Runde.

„Wie meinst du das?", wollte Wiebke wissen. „Ist etwa wieder was geklaut worden?"

Während Leni erschrocken in ihre Hosentasche griff, erzählte ich, dass Emmas Herzenuhr verschwunden war.

„Es ist gerade eben passiert. Auf dem Mädchenklo. Sie hat sie nur ganz kurz abgemacht."

Selbst schuld!

Typisch, dass Leni so etwas Gemeines dachte.

„Wie schrecklich!", rief Wiebke.

Die beiden anderen zogen nur erschrocken die Schultern hoch und ihr Gedankensalat wehte mich an. *Wie ist das bloß passiert? ... Ach, du grüne Neune! ... Das kann ja jeder gewesen sein! ... Mama hat immer gesagt, man soll seine Wertsachen ... Arme Emma! ... Wer tut so was nur? ... Den Dieb sollte man echt einsperren! ... Fritzi, starr uns nicht so an!*

Ich trat einen Schritt zurück. Ehrlich, es gab Momente, da wollte ich lieber keine fremden Gedanken hören. Zum Glück kam Mr Greenbottle in diesem Moment herein und ich huschte zu meinem Platz.

Emma war kaum zu beruhigen. Während des Unterrichts stierte sie bloß vor sich hin und schniefte ab und zu in ihr Taschentuch. Aber auch die anderen waren ziemlich durcheinander. Kaum jemand hörte Mr Greenbottle richtig zu. Und ich schon gar nicht. Statt die unregelmäßigen Vokabeln von der Tafel abzuschreiben, notierte ich heimlich alle Sachen, die weggekommen waren. Federmäppchen, Monatskarte, Schülerausweis, Baseballcap, Smiley-Aufkleber, Wurstbrot, Kuli, kritzelte ich auf die letzte Seite in meinem Vokabelheft. Vielleicht würde mir die Liste irgendeine Erleuchtung bringen. Doch je länger ich aufs Papier starrte, desto verwirrter wurde ich. Wieso klaute jemand eine teure Monatskarte, aber auch einen Aufkleber, der nichts wert war? Oder ein Wurstbrot, das sowieso vergammelte? Ich kapierte gar nichts mehr.
Beim Essen in der Cafeteria (Frau Tiedje hatte mich diesmal nicht betuppt) fuhr Emma ständig über ihr kahles Handgelenk. Und auf dem Nachhauseweg im Bus dachte sie Gedankenschleifen.

Ohne meine Uhr! Ohne meine Uhr! Ohne meine Uhr!

Es klang wie eine kaputte Bandansage.

„Was ist ohne deine Uhr?“

„Ohne meine Uhr gibt es mich gar nicht!“, jaulte sie.

„Und ob es dich gibt“, tröstete ich sie.

Ich lehnte mich gegen ihre Schulter und blickte aus dem Fenster. Häuser flogen vorüber, Geschäfte und Cafés, dann hielt der Bus kurz hinter der Dönerbude und wir stiegen aus.

„Ich bringe dich jetzt nach Hause“, erklärte ich.

„Wieso, ich bin doch nicht krank.“

„Aber traurig. Und wenn man traurig ist, ist es gut, wenn einem die beste Freundin zur Seite steht.“

Wie aufs Stichwort brach Emma in Tränen aus. „Wahrscheinlich ist meine Uhr schon in ... Dubai!“

„Wieso denn in Dubai?“

„Weil der Dieb sie für Tausende von Dollar im Internet verkauft hat. Und die Scheiche da sind doch megareich.“

Jetzt musste ich doch lachen. „Emma, nur weil auf deiner Uhr ein paar Strasssteine sind und das Plastikarmband nach Krokodil aussieht, blättert doch kein Scheich Tausende von Dollar dafür hin!“

„Schehr witzisch!“ Emma schmatzte mit ihrer Zahnspange.

„Tut mir leid, Krümel.“ Ich griff in ihre blonden Engellöckchen und wickelte sie um meinen Finger. „Vielleicht findest du deine Uhr ja wieder."

„Wie denn? Meinst du, sie kommt aus dem All angeflogen?"

„Ja, vielleicht. Du darfst die Hoffnung nicht aufgeben. Und ich verspreche dir, die ganze Schule anzuzapfen!"

Ich darf die Hoffnung nicht aufgeben, hörte ich, dann zog Emma ihren T-Shirt-Ärmel mit einem Ruck über ihr Handgelenk.

Ich wünschte ihr so sehr, dass ihre Uhr wieder auftauchte! Und mir wünschte ich, dass ich dem Dieb schon bald auf die Schliche kam.

Die Matschbacke greift ein

Ein paar Tage lang blieb alles ruhig. Frau Tiedje benahm sich tadellos und auch in unserer Klasse wurde nicht mal der kleinste Schrumpelapfel geklaut.

Das war bloß ein Glück, denn im Unterricht wurde uns der Einsatz jeder einzelnen Gehirnzelle abverlangt. Eine Klassenarbeit jagte die nächste. Und in den Pausen musste ich die Gedanken meiner Mitschüler anzapfen. Das war ziemlich anstrengend. Mit meinen Kopfhörern auf den Ohren schlenderte ich von Grüppchen zu Grüppchen und gab vor, Musik zu hören. In Wirklichkeit waren alle Antennen auf Empfang. Ich lauschte so konzentriert, dass sich manchmal schon alles in meinem Kopf zu drehen begann. Emma war die ganze Zeit an meiner Seite und tat, als würde sie auf ihrem Handy herumtippen. Dabei knipste sie heimlich verdächtige Personen. Kurz vorm Klingeln huschte ich dann blitzschnell in die Klasse zurück und notierte alles, was ich mir gemerkt hatte.

Freitag nach der Schule schnappten Emma und ich uns Anton, und nachdem er jeden Laternenpfahl markiert hatte, setzten wir uns zwecks Spionage-Besprechung auf eine Bank an der Straße.

„Henriette hat einmal gedacht, dass sie lieber keine Vegetarierin wäre und auch mal ein leckeres Wurstbrot essen würde", sagte ich und biss in den Apfel, den Mama mir am Morgen mitgegeben hatte.

„Unverdächtig", meinte Emma. „Wenn sie das Wurstbrot geklaut und gegessen hätte, hätte sie was anderes gedacht."

Ich nickte und guckte wieder in mein Heft. „Lisa mag keinen Strass."

„Unverdächtig. Dann hat sie auf jeden Fall nicht meine Uhr geklaut."

„Henriette findet Thierry süß", las ich weiter vor.

„Super, SUPER unverdächtig!" Zum Glück konnte Emma schon wieder ein bisschen lächeln.

Thierry ist aber auch wirklich ziemlich süß. Also, manchmal jedenfalls.

„Du findest Thierry süß?", kreischte ich.

„Nein, nur ein bisschen“, stotterte Emma. „Er hat manchmal so was Hundebabymäßiges.“

„Wuff!“, machte ich.

„Blöde!“ Emma zwickte mich.

„Lucija ist traurig, weil sie kein Taschengeld kriegt“, fuhr ich fort. „Und weil sie, wenn sie zum Geburtstag eingeladen wird, nicht mal ein Geschenk kaufen kann.“

„Einerseits verdächtig“, meinte Emma. „Andererseits ... sie wird doch gar nicht eingeladen.“

„Vielleicht hat sie genau deswegen geklaut?“

Arme Lucija! Sie kam aus Kroatien und war die Außenseiterin in unserer Klasse. Eigentlich wusste ich gar nicht so genau, warum. Weil sie einen Akzent hatte und so schüchtern war? Oder weil sie mit den hüftlangen Haaren und den dunklen Augen wie eine Märchenprinzessin aus Tausendundeiner Nacht aussah und alle Mädchen neidisch auf sie waren? Oder weil sie in fast allen Fächern gute Noten schrieb, was auch für die Jungs ein Grund war, neidisch zu sein?

Emma schmatzte mit ihrer Zahnspange, dann nuschelte sie: „Du meinscht, schie hat die Uhr eingeschteckt, um an Geld schu kommen?“

Ich zuckte mit den Achseln. „Hat sie sich denn auffällig benommen?“

„Nö. Eigentlich wie immer.“

Wie immer hieß, dass Lucija in den Pausen irgendwo herumstand und ihre Nase in ein Buch steckte.

„Außerdem passen das Wurstbrot, der Smiley und der Kuli nicht dazu“, warf ich ein.

„Vielleicht hatte sie einfach Hunger! Und den Smiley und den Kuli hat sie auch noch mitgehen lassen, um sich unverdächtig zu machen.“

Ein Laster donnerte mit bestimmt 100 Sachen vorbei und wirbelte eine Dreckwolke auf. Ich kniff die Augen zusammen, Emma musste husten und Anton bellte. Wie gut, dass wir nicht gerade ein Eis aßen. Das wäre jetzt mit Staub paniert gewesen.

„Okay, ich nehme Lucija auf meine Extraliste“, erklärte ich. Das waren die Leute, die ein zweites Mal ausspioniert werden mussten.

Emma war einverstanden, dann gingen wir die restlichen Mädchen und Jungs aus unserer Klasse durch. Anton winselte und zerrte an der Leine, aber er musste sich noch etwas gedulden. Bei allem, was ich mir aufgeschrieben hatte, schüttelte Emma den Kopf und sagte: „Null verdächtig.“

Puh. So wie es aussah, blieb neben Frau Tiedje und ihrem unsichtbaren Komplizen tatsächlich nur Lucija übrig. Ich konnte und wollte es nicht glauben. Lucija war eigentlich viel zu nett, um so etwas Fieses zu tun.

Mittwoch, dritte Stunde. Herr Matschke stand vorne am Pult und trommelte mit den Fingern auf die Tischplatte. Was sich anhörte, als würde es draußen wie Hölle regnen. Dabei schien die Sonne und die Vögel zwitscherten. Die Hölle hatten wir nur im Klassenraum.

„Herrschaften, so geht's nicht weiter", sagte er.

Nachdem zwei ganze Wochen lang nichts weggekommen war und wir alle gedacht hatten, der Dieb wäre genauso klammheimlich verschwunden, wie er aufgetaucht war, hatte er doch wieder zugeschlagen. Und zwar richtig dicke! An drei aufeinanderfolgenden Tagen.

Murats Handy war weg (am Montag aus seiner Schultasche geklaut).

Thierrys iPod war auch weg (am Dienstag aus seinem Rucksack geklaut).

Lenis neue Chucks waren wie vom Erdboden verschluckt (was Leni vor exakt siebeneinhalb Minuten festgestellt hatte).

Keine Ahnung, wie das überhaupt passiert war. Man zieht doch nicht einfach seine Schuhe aus. Aber Leni konnten wir nicht fragen. Sie brachte keinen Ton raus. Sie stand auf Socken da und heulte.

„Hat jemand was dazu zu sagen?“, wollte Herr Matschke wissen.

Niemand meldete sich.

„Frau Kralle-Kahn hat mir gesagt, dass es schon vor zwei Wochen mehrere Diebstähle gab?“

Henriettes Finger schnellte in die Höhe. „Ja, das stimmt.“

„Henriette, könntest du bitte bis morgen eine Liste mit allen gestohlenen Sachen erstellen?“

Sie nickte und sagte: „Am besten melden sich alle, denen was geklaut worden ist, noch mal bei mir.“

„Und was ist jetzt mit meinen Chucks?“, jaulte Leni. „Soll ich etwa in Strümpfen nach Hause gehen?“

Herr Matschkes Blick ging zu mir. „Fritzi, kannst du deine Kusine bitte begleiten? Oder könnt ihr euch vielleicht abholen lassen?“

„Äh ja, mal sehen“, stotterte ich. Glaubte die Matschbacke etwa, dass ich Leni huckepack trug? Hoffentlich konnte Papa uns abholen.

Herr Matschke schrieb eine Telefonnummer an die Tafel.

„Das ist meine Handynummer", erklärte er. „Der Dieb oder die Diebin kann mich heute Nachmittag anrufen und alles gestehen. Dann wird die Strafe milder ausfallen."
Seine Augen wanderten die Reihen ab und wie ertappt guckte ich auf meine Hände.
Hat Fritzi etwa Lenis Turnschuhe geklaut?, hörte ich von Lisa.
„Nein, hab ich nicht", zischte ich ihr ins Ohr.
„Häh?", machte Lisa, aber ich ging auf Tauchstation.
Henriette zeigte wieder auf. „Aber ist es denn überhaupt sicher, dass der- oder diejenige in unsere Klasse geht?"
„Sicher nicht, aber doch wahrscheinlich." Herr Matschke kehrte zum Pult zurück. „Also: Falls der Dieb unter euch ist, sollte er über seinen Schatten springen und zum Telefonhörer greifen. Und ihr schreibt jetzt die Telefonnummer ab."
„Alle?", erkundigte sich Intelligenzbestie Leni.
„Ja. Ausnahmslos!", sagte Herr Matschke ungeduldig.
Während alle fleißig in ihre Hefte kritzelten, fragte Pepe: „Was heißt denn das, die Strafe fällt milder aus?"
„Das kann ich jetzt noch nicht sagen. Letztlich entscheidet das sowieso die Schulleitung."
Einen Moment war es mucksmäuschenstill.
„Noch eins", fuhr Herr Matschke fort. „Solange die Diebstähle

nicht aufgeklärt sind, lasst bitte alle Wertgegenstände zu Hause."

Jonas' Arm flog in die Luft. „Aber unsere Monatskarte, den Schülerausweis und etwas Geld brauchen wir doch!"

„Und nackt können wir auch nicht kommen!", rief Thierry.

Ein paar Leute lachten.

„Ich spreche natürlich von Wertsachen wie Handys, iPods und Uhren."

Dann holte Herr Matschke das Lehrbuch aus seiner Ledermappe und los ging es mit den fiesesten Grammatikübungen der Welt.

Der Lucija-Test

Als hätte die Matschbacke den Startschuss dafür gegeben, fingen wir an, uns gegenseitig zu verdächtigen. Allen war klar: Es musste jemand aus unserer Klasse gewesen sein. Aber wer? Misstrauisch beäugten wir uns vor dem Unterricht im Klassenraum, in der Pause auf dem Schulhof, beim Anstehen in der Cafeteria, nach der Schule beim Warten auf den Bus. Die Stimmung in unserer Klasse rutschte von Tag zu Tag mehr in den Keller. Und alles nur, weil Herrn Matschkes Plan nicht aufgegangen war und sich niemand freiwillig gemeldet hatte. Die Hauptverdächtigen waren:

1. Lucija (wunderschön, schlau, total schüchtern und immer knapp bei Kasse): verdächtig, weil sie plötzlich einen brandneuen Reader dabeihatte, auf dem sie in jeder freien Sekunde las.

2. Die Hornbrillen-Gang, bestehend aus Emil, Pepe, Malte und Nils (drei von ihnen Brillenträger, alle vier superschlau, Fastfood-Liebhaber, manchmal etwas vertrottelt): verdächtig, weil sie zu den wenigen gehörten, die nicht bestohlen worden waren.
3. Leni (angeberisch und blöd): verdächtig, weil die Sache mit den geklauten Turnschuhen vielleicht bloß ein Ablenkungsmanöver gewesen war.
4. Ich, Fritzi (schlau, nicht schüchtern, manchmal vorlaut): verdächtig, weil ich ebenfalls nicht beklaut worden war.

Punkt 4 war ziemlich blöd. Mindestens genauso blöd wie die Tatsache, dass Emma gar nicht mehr klein, süß und knuffig aussah, sondern wie ein Häufchen Elend. Sie tat mir so leid, weil ihre hübsche Uhr weg war. Und ich tat ihr leid, weil meine Klassenkameraden mir misstrauten.

„Warum sagst du nicht einfach, dass dein Lederarmband auch geklaut worden ist?", schlug sie vor. „Dann verdächtigt dich niemand mehr."

„Ich denk ja gar nicht dran! Ich hab nichts verbrochen!"

Emma sah mich zerknirscht an. *Ich meine ja nur ...*

„Schon gut, Krümel", sagte ich und tippte an ihren WGDRDW-Button. „Wir kriegen den Dieb! Und wenn ich alles anzapfe, was zwei Beine hat. Von mir aus auch vier."

Emma kicherte und ich wusste, dass wir es gemeinsam schaffen würden.

„Anton, bleib hier!“, schrie Emma.
Sie hatte den Hund nur kurz von der Leine gelassen, schon war er im Zickzack durch die Fußgängerzone geflitzt und vor einem Currywurststand stehen geblieben.
Er blickte uns mit hechelnder Zunge entgegen, als wir auf ihn zusteuerten. Wir, das waren Emma, Lucija und ich. Emma schimpfend. Lucija kichernd. Ich, ohne die Miene zu verziehen und mich eng an Lucija haltend.
Die Idee, mit ihr und Anton shoppen zu gehen, war auf Emmas Mist gewachsen. So würde ich am leichtesten ihre Gedanken anzapfen können. Eigentlich hatte Emma auch noch Leni mitschleppen wollen – um zwei Fliegen mit einer Klappe zu schlagen –, aber ich fand, das wäre dann doch zu auffällig gewesen. Emma und ich trafen uns nie mit Lucija. Wir trafen uns auch nicht mit Leni. Und schon gar nicht mit beiden zusammen.
„Anton, du Dummi!“
Emma nahm ihn an die Leine und zog ihn vom Currywurststand

weg. Der Hund fiepte und jaulte herzerweichend. Ich kannte das von Moppel. Die konnte auch ziemlich auf die Tränendrüse drücken.
„Nein, du kriegst jetzt keine Wurst! Du hattest heute schon genug zu fressen."
Als wollte Anton sein Frauchen bestrafen, hockte er sich vor den nächsten Baum und verrichtete sein Geschäft.
Bäh, hörte ich Lucija denken.
Und als Emma in ihre Jackentasche griff, eine Plastiktüte rausholte und das Häufchen eintütete, kreischte sie in Gedanken *Ihhh!*.
Ich konnte das gut verstehen. Ich finde es auch nicht besonders toll, Moppels Katzenklo sauber zu machen, aber wenn man Haustiere hat, gehört das eben dazu. Zum Glück ist Emma nicht eine von denen, die die Haufen einfach auf dem Bürgersteig liegenlassen.
Lucija war vorgelaufen und wartete vor einer Boutique mit flippigen, bunten Klamotten.
„Geht ihr öfter zusammen bummeln?", fragte sie und guckte wie gebannt in die Auslagen.
Emma und ich wechselten einen schuldbewussten Blick.
Äh, peinlich, wehte es mich von Emma an.
Genau das hatte ich auch gerade gedacht. Auch wenn es total

albern war. Dickste Freundinnen unternahmen nun mal Dinge zusammen. Das war ganz normal.

„Also, jein“, eierte Emma herum. „Zumindest nicht mit Anton. Der muss dann ja immer draußen bleiben.“

Schade, hörte ich von Lucija. *Ich würde ja gern mal in den Laden gehen.*

„Wollen wir reingehen?“, fragte ich.

„Gern, aber was ist mit dem Hund?

„Macht nur“, meinte Emma. „Ich warte hier mit Anton.“

Emma zwinkerte mir verstohlen zu, dann wedelte sie mit der Hand und ich schob Lucija ins Geschäft.

„Die haben ja tolle Sachen!“, staunte sie. „Fast so schön wie dein T-Shirt.“

Ich trug Klaras Matrosenshirt mit einer Strickjacke drüber.

Lucija lächelte mich so nett an, dass ich fast ein schlechtes Gewissen bekam. Hätte es die Diebstähle nicht gegeben, wären Emma und ich garantiert nicht mit ihr losgezogen. Und dann wären wir auch nie in diesem Geschäft gelandet, in dem die Kleider ihre Augen so zum Leuchten brachten.

Trotzdem musste ich endlich meinen Job tun. Vielleicht war sie ja diejenige, die alle beklaute? Als Lucija nach einem kanariengelben T-Shirt griff, wanzte ich mich auf Lineal-Länge an sie heran.

Total schön!, waberte es mich an.

„Willst du es mal anprobieren?“, fragte ich. Das Gespräch musste erst mal in Gang kommen, bevor ich sie aushorchen konnte.

Lucija schüttelte ihre langen Prinzessinnen-Haare. „50 Euro für ein T-Shirt? Das kann sich doch höchstens ein Millionär leisten!“

„Du musst es ja nicht kaufen. Nur so zum Spaß.“

Lucija strich so vorsichtig über das T-Shirt, als wäre es aus Gold- und Silberfäden gesponnen. „Und was ist mit Emma?“

„Das macht ihr nichts aus“, erklärte ich und fand mich von Sekunde zu Sekunde fieser. Die arme Lucija! Sie konnte ja nicht ahnen, dass ich bloß darauf aus war, ihre Gedanken anzuzapfen.

„Also gut!“ Sie nickte und verschwand in der Kabine.

Eine Weile hörte ich es rascheln und rumoren, dann wurde der Vorhang aufgerissen und Lucija trat wie ein Topmodel heraus.

„Sieht super aus“, sagte ich. „So ... gelb.“

„Ja, voll gelb!“, kicherte Lucija und drehte sich im Kreis. „Wie dein Fahrrad!“

Fritzi ist echt nett! Und ihr Fahrrad ist das hübscheste, das ich kenne! Und ...

„Und passt das T-Shirt?“ Die Verkäuferin kam angestöckelt

und warf die Arme in die Luft. „Das sieht ja fabelhaft aus! Fantastisch! Ein Traum!"
„Äh, ach so, ja", stotterte Lucija. „Das Problem ist nur ..."
Oje, oje, oje! Was sage ich jetzt?
„Wir überlegen noch", brummte ich.
„Überlegt nicht zu lange", erwiderte die Verkäuferin schmallippig. „Ich hab da vorne zwei Kundinnen, die würden für das T-Shirt ihre eigene Oma töten."
Lucija zog eine entsetzte Grimasse.
„Ja, das sollen sie dann auch am besten tun", erklärte ich, schob Lucija in die Umkleidekabine und mich gleich hinterher.
Dort bekamen wir beide erst mal einen mittelschweren Kicheranfall. Wir gackerten und prusteten, und als ich dicht an Lucija ranging, wehten mich ein paar Wörter Kroatisch an. Mist, was hieß das nur? Zu blöd, dass ich sie nicht danach fragen konnte! Auch wenn es Spaß machte, mit ihr herumzualbern, hatte ich eine Aufgabe zu erledigen. Es wurde Zeit, dass ich ihre Gedanken in die richtige Richtung lenkte.
„Echt blöd, wenn man nicht genug Taschengeld kriegt, um sich so ein T-Shirt zu leisten", legte ich los. Dazu seufzte ich so herzerweichend, wie Anton vorhin gewinselt hatte.
Lucija zog das T-Shirt über den Kopf und stand bloß noch im Unterhemd da. „Ach, find ich eigentlich nicht."

Geld und Klamotten sind doch nicht alles.

„Aber es wäre doch urcool, wenn du dir das leisten könntest", beharrte ich. „So wie du dir auch das neue Lesegerät geleistet hast."

Lucija guckte mich an, als wäre ich geradewegs aus einem anderen Sonnensystem auf die Erde geplumpst. Dann lachte sie auf und erklärte:

„Das Lesegerät hat mein Onkel geschenkt bekommen. Und weil er selbst nicht liest, hat er es mir gegeben." Sie faltete das T-Shirt ordentlich zusammen und legte es auf den Hocker. „Aber selbst wenn ich keins hätte, ist doch egal ... Das sind nur Sachen." Sie zog ihren ausgeleierten Pulli über den Kopf und dumpf tönte es: *Viel schöner finde ich es, dass die beiden ... dass sie mich heute Nachmittag mitgenommen haben.* Ihr Gesicht tauchte wieder auf. *Darüber freue ich mich mehr als über jedes neue T-Shirt! Es muss toll sein, eine beste Freundin zu haben.*

Ich nickte. Und wurde rot. Und schämte mich ganz schrecklich. „Ach so, ja", murmelte ich und tat, als müsste ich das gelbe T-Shirt ganz dringend noch einmal neu falten. „Wir können gern mal wieder zusammen losziehen."

„Ehrlich?"

„Klar. Macht doch echt Spaß."

Lucijas Schultern rutschten fast bis zu den Ohren. „Die meisten in unserer Klasse mögen mich ja nicht besonders. Und jetzt denken alle noch, dass ich die Diebin bin."

Das ist so gemein, so gemein, so gemein! Ich würde nicht mal einen vergammelten Keks klauen!

Mit einem Ratsch zog ich den Vorhang auf. Ehrlich gesagt war ich ziemlich erleichtert. Wenn das kein Beweis war! Menschen lügen nicht in Gedanken.

Ich spähte zum Ausgang und sah, dass sich Emma die Nase an der Fensterscheibe platt drückte. Die Arme! Bestimmt hatte sie von der langen Warterei schon Schimmel angesetzt.

„Mich halten sie doch auch für die Diebin", tröstete ich Lucija. Und grinsend fügte ich hinzu: „Dabei würde ich nicht mal einen Keks klauen!"

Lucija sah mich erschrocken an. „Äh, Fritzi? Du kannst nicht zufällig Gedanken lesen?"

„Nee, wieso?" Zum Glück wurde ich nicht wieder rot.

„Weil … Ach, egal."

So was gibt's ja auch gar nicht. Das war wahrscheinlich nur Zufall.

Sie kicherte in Gedanken. Dann hakte Lucija mich unter und wir verließen das Geschäft fast wie stinknormale Freundinnen.

Detektivarbeit und ein Döner

Als Mama mich am nächsten Morgen weckte, bekam ich kaum die Augen auf. So musste sich eine an den Strand gespülte Qualle fühlen: matschig, glibberig – einfach nur schrecklich. Am liebsten wollte ich gar nicht aufstehen, aber Moppel tapste auf mir herum und maunzte nervtötend. Also schlug ich die Bettdecke zurück und schlurfte ins Bad.

„Moppel, du bleibst draußen“, bellte ich und knallte ihr die Tür vor der Nase zu.

Ich fühlte mich nicht nur wie eine Qualle, ich sah auch so aus: gruselig bleich, mit winzig kleinen Augen. Gedankenlesen kann furchtbar anstrengend sein! Besonders dann, wenn man aus den Leuten etwas Bestimmtes rauskriegen will, die aber nur irgendeinen Quatsch denken.

Meine Opfer für diesen Tag waren Leni und die Jungs der

Hornbrillen-Gang. Schade, dass ich nicht einfach mit ihnen shoppen gehen konnte.

Klara war schon zur Arbeit gefahren, als ich immer noch etwas benommen in die Küche stolperte.

„Morgen, Spatz!“ Papa saß im Bademantel am Küchentisch und musterte mich über den Rand seiner Lesebrille hinweg. „Hast du schlecht geschlafen?“

„Geht so“, brummte ich und goss mir ein Glas Orangensaft ein.

„Du siehst ziemlich müde aus.“

„Weil Schüler so früh aufstehen müssen, sehen sie immer müde aus“, brummte ich. „Das ist ganz normal.“

Mama warf mir einen mitleidigen Blick zu.

„Frühstücke mal ganz in Ruhe“, meinte sie und biss im Vorübergehen von ihrem Vollkornbrot ab. „Ich nehme dich gleich mit dem Auto mit.“

Sie huschte aus der Küche, ich hörte es poltern und schon kam sie mit ihrer Tasche zurückgeflitzt und warf wahllos ein paar Dinge hinein.

Tanken ... Dr. Bergström 9 Uhr 30 ... 11 Uhr Meeting ... Frau Lebricht anrufen ... Ob Fritzi auch klarkommt? ... In der Mittagspause könnte ich vielleicht einkaufen ... Aber ich habe ja jetzt schon Kopfweh ... Das kann heiter werden ... Meine kleine Fritzi ... Es tut mir so leid, dass ich sie den ganzen Tag allein lasse ... Sie ist doch erst elf!

Arme Mama! Meinetwegen musste sie sich keine Sorgen machen. Ich kam zurecht. Papa war ja im Moment viel zu Hause. Mit seinem verletzten Daumen konnte er immer noch nicht normal arbeiten. Eher tat es mir leid für Mama, dass sie jeden Morgen so einen Stress hatte. Und dass es, seit sie im Krankenhaus arbeitete, bloß noch schlimmer geworden war.

Ich setzte mich zu Papa und bestrich eine Scheibe Brot mit Butter. Dabei musterte ich ihn mit Röntgenblick.

„Was ist denn, Spatz?"

„Wie viel Taschengeld kriegt Leni eigentlich?", nuschelte ich, als hätte ich Emmas Zahnspange im Mund. Es sollte möglichst unauffällig klingen. Falls Leni total wenig Geld bekam, würde sie auf meiner Verdächtigkeitsskala ein ganzes Stück nach oben rutschen.

„Kommst du nicht mit deinem Taschengeld aus?" Mama griff nach ihrer Handtasche und nahm ihr Portemonnaie heraus. „Sollen wir dir mehr geben?"

Ich schüttelte den Kopf.

„Hier sind zehn Euro. Reicht das?"

„Äh, ja, nein, aber", stotterte ich. Moppel kam angeflitzt und sprang auf meinen Schoß.

Sag ja! Und kauf mir leckere Katzenkekse! Die mit Rindfleisch!
„Also gut, ein bisschen mehr Taschengeld wäre schon prima", erklärte ich.
Yippie! Das war wieder Moppel. *Also kaufst du mir die Kekse?*
„Ja, du Nervensäge!", zischte ich.
„Wie bitte?", fragte Mama.
„Aber ihr wisst nicht zufällig, wie viel Leni kriegt?"
„Warum fragst du sie nicht selbst?", meinte Papa.
Immer dieses Theater mit den beiden. Können die nicht einfach normal miteinander umgehen?
„Okay, mach ich dann."
Bevor Mama und Papa noch blöde Fragen stellen konnten, auf die ich dann keine Antwort gehabt hätte, schubste ich Moppel vom Schoß und lief zum Zähneputzen ins Bad.
Dumm gelaufen. Oder auch nicht. Immerhin bekam ich jetzt mit ein bisschen Glück mehr Taschengeld.

Leni war ein harter Brocken. In jeder freien Schulminute schlich ich um sie herum, aber ihr Gedankendurcheinander war so sinnvoll wie Katzenstreu unterm Bett.

Sie wiederholte Englischvokabeln, überlegte, wie ein bestimmter Schauspieler in einem bestimmten Film hieß (und kam nicht drauf), sie summte völlig sinnfreie Liedtexte vor sich hin, grübelte darüber nach, wo es noch süßere Röschenhaarspangen zu kaufen gab, und fand die Käsebrote, die Papa mir schmierte, leckerer als Tante Bines Schinkenbrote.
„Was schleichst du eigentlich die ganze Zeit um mich herum?“, fuhr sie mich schließlich aus heiterem Himmel an. Wir hatten gerade Schulschluss und ich wollte ein letztes Mal probieren, ihre Gedanken anzuzapfen. „Ist mit Emma Schluss?“
Ich zeigte ihr einen Vogel. „Mit Emma ist nicht Schluss und es wird auch nie mit ihr Schluss sein. Sie ist nur mal eben auf Klo.“
Die hat's gut! Hätte ich nur auch eine beste Freundin!
Leni seufzte.
Die wirst du nie haben, wenn du dich immer so angeberisch benimmst, dachte ich.
Okay, das war gemein. Ein bisschen tat Leni mir auch leid. Ein Leben ohne Emma konnte ich mir gar nicht vorstellen. Niemanden zu haben, bei dem man sich ausheulen konnte. Niemanden, mit dem man lachen und das Neueste bequatschen konnte. Und niemanden, der da war, wenn man jemanden zum Anlehnen brauchte.

„Dann ist ja gut“, meinte Leni.

„Ja, das ist echt gut“, erwiderte ich.

Aus dem Augenwinkel sah ich Emma, die am Schwarzen Brett auf mich wartete, aber ich hoffte immer noch auf die Eingebung. Irgendwas wahnsinnig Geniales, das mich in meiner Detektivarbeit weiterbringen würde.

„Kannst du jetzt mal aufhören, mir auf den Pelz zu rücken?“ Leni musterte mich misstrauisch.

„Gleich. Ich guck mir nur deine hübschen Haarspangen an. Vielleicht wären die auch was für mich.“

Ich fass es nicht! Ist Fritzi etwa die Diebin? Und will sie jetzt auch noch meine Röschenhaarspangen klauen? Aber nicht mit mir!

„Äh, ich muss dann los“, haspelte Leni. *Da nehme ich lieber einen Bus früher.*

„Tschüss, Leni! Und pass auf, dass du nicht im Bus beklaut wirst!“

Aber meine Kusine war schon losgeflitzt. Ihr rosafarbener Schulranzen wippte auf und ab.

Alles klar. Leni war zwar manchmal eine blöde Kuh, aber die gesuchte Diebin war sie nicht.

„Leni ist unschuldig“, erklärte ich, als ich Emma kurz darauf am Mädchenklo abholte.

„Sicher?“

Ich nickte. „Sie hat mich für die Diebin gehalten und jetzt hat sie eine Mörderangst, dass ich es auf ihre Röschenhaarspangen abgesehen haben könnte.“

„Die hässlichen Dinger?“ Emma kicherte und ich musste nun auch lachen.

Dann bleibt also noch die Hornbrillen-Gang, dachte Emma, während wir zur Bushaltestelle trotteten.

„Mhm. Sieht so aus.“

Emmas Löckchen wurden vom Wind zerzaust. „Aber wo willst du sie anzapfen? Die werden sich wundern, wenn du plötzlich in den Pausen bei ihnen rumstehst.“

Ich grübelte eine Weile, dann hatte ich die Eingebung: „Im Computerclub!“

„Da werden sie sich noch mehr wundern. Du hast doch von Computern keine Ahnung.“

„Deswegen gehe ich ja in den Club! Um Ahnung zu kriegen!“

Also, ich weiß ja nicht …

„Was weißt du nicht?“

Emma knuffte mich und sagte: „Wäre das nicht total verdächtig, wenn du da plötzlich aufkreuzt?“

„Egal. Ich muss das riskieren. Das sind unsere letzten Verdächtigen.“

Der Bus rollte heran, die Türen gingen auf und mit einer Traube Schülern wurden wir hineingeschoben. Emma war ziemlich gut im Drängeln und ergatterte zwei Sitzplätze. Der Bus quälte sich im Schritttempo durch die verstopften Straßen. Ab und zu wehten mich ihre Gedankenfetzen an, in denen es zu 95 Prozent um ihre Herzenuhr ging. Und die restlichen 5 Prozent waren schnieftrauriges Gejammer. Arme Emma. Es wurde wirklich Zeit, dass wir den Dieb fanden!
Als wir gefühlte Stunden später am Dönerstand ausstiegen, krallte sich Emma an meinem Arm fest und stotterte: „Da, da, da!"
„Was, was, was?"
Ich drehte mich um und dann sah ich es auch: Da waren Pepe, Emil, Malte und Nils. Die vier aus der Hornbrillen-Gang. Sie standen an einem Stehtisch und futterten Döner. Wie üblich tropfte und kleckerte es zwischen ihren Fingern hervor.
Bäh, wie eklig, hörte ich es neben mir.
„Echt mal bäh!", bestätigte ich. „Die müssen ja wohl immer und überall futtern!"
Wir gingen hinter einem Lieferwagen in Deckung und beobachteten die Jungs eine ganze Weile. Aber abgesehen davon, dass sie schmatzten und schluckten und ab und zu rülpsten, passierte nichts Weltbewegendes.

„Und jetzt?“, meinte Emma. „Hingehen oder nicht hingehen?“ Sie sah nicht so aus, als hätte sie tierisch Lust darauf.
Ich hatte auch keine Lust. Schon im Bus hatte ich mich darauf gefreut, mich zu Hause in meinen Ledersessel zu kuscheln und auf meiner Gitarre zu klimpern. Ich seufzte tief. Es half ja nichts. Detektive haben nie Feierabend. Das kennt man ja aus dem Fernsehen.
„Hingehen“, beschloss ich. „Das ist die Gelegenheit, ihre Gedanken anzuzapfen.“
Und betont unauffällig schlenderten wir zu den Jungs rüber.

Döner. Ausgerechnet!
Zu meinen Lieblingsessen gehören Thunfischpizza, Bratkartoffeln und Fischstäbchen, nicht aber dieses Fladenbrot, in das alles Mögliche geklatscht wird.
Damit wir uns nicht verdächtig machten, drängelte ich mich an den Jungs vorbei und rief dem Dönerverkäufer zu: „Zwei Döner, bitte!“
„Kommt sofort.“
Zum Glück hatte Mama mir die zehn Euro mitgegeben.

„Hey!“ Das war Malte, der mit der dicksten Hornbrille. Seine Jacke war mit Joghurtsoße bekleckert, was total eklig aussah. „Was macht ihr denn hier?“
„Äh, Döner essen?“, antwortete ich, während Emma nur mit ihrer Zahnspange schmatzte und süß grinste.
„IHR esst Döner?“, fragte Emil ungläubig.
„Wieso denn nicht?“
Nils biss von seinem Döner ab und sagte mit vollem Mund: „Weiltschussisdaschnischtun.“
„Wie?“
Pepe musste lachen und verschluckte sich an seiner Cola. Hustend sagte er: „Er hat gemeint, dass Tussis so was nicht tun.“
„Spinnst du? Wir sind ja wohl keine Tussis!“ Ich machte einen Satz nach vorne und stützte meine Hände in die Hüften. Vielleicht sah ich so ein bisschen gefährlich aus. Mein Hintergedanke dabei war, Nils anzuzapfen.
Lecker Zwiebeln, jam-jam-jam! Und die Knoblauchsoße, voll lecker!
„Ja, so riechst du auch“, erklärte ich.
„Wie?“ Wieder biss Nils in den Döner und die Soße tropfte.
„Du riechst nach Zwiebeln.“
„Das ist normal, wenn man welche isst“, gab er zurück. Kaum

zu glauben, dass er ein superschlauer Computerfreak ist, der in Physik eine Eins nach der anderen schreibt.

Unsere Döner waren fertig, und während Emma sie umständlich entgegennahm, überlegte ich fieberhaft, wie ich die Jungs in die Gedankenfalle locken könnte. Aber sosehr ich auch in allen Schubladen meines Hirns kramte, mir fiel nichts ein.

„Hier“, meinte Emma und drückte mir den riesigen Fladen in die Hand.

Hm, lecker Zwiebeln!, hörte ich, als Emma abbiss.

Hilfe, jetzt hatte sie sich auch noch angesteckt!

„Ja, ich finde rohe Zwiebeln auch total lecker“, stöhnte ich genervt und machte mich über den Döner her. Zum Glück landete weder Soße noch Salat noch Fleisch auf meiner Lieblingsweste.

„Was glaubt ihr eigentlich, wer der Dieb ist?“, fragte Pepe.

Endlich! Ich hatte schon befürchtet, als einfallsloseste Gedankenleserin aller Zeiten in die Geschichte einzugehen.

„Keine Ahnung“, sagte Emma und plinkerte mich unauffällig an. „Aber wenn ich denjenigen erwische, hetze ich meinen Hund auf ihn. Meine schöne Herzenuhr! So eine krieg ich nie wieder.“

Ein Grinsen schlich sich in Maltes Gesicht und ich beugte mich blitzschnell vor.

Herzenuhr! Brrr ... Was für ein alberner Mädchenkram!
Ich beugte mich nach links.
Ohne Uhr ist man echt aufgeschmissen, hörte ich von Emil.
Nils und Pepe dachten gar nichts, sie kauten nur. Und kleckerten. Und machten schmatzende Geräusche. Emil rückte seine Brille zurecht. Ich rührte mich nicht vom Fleck und versuchte die beiden mit meinen Blicken zu hypnotisieren.
„Was glotzt du so?", wollte Nils wissen.
„Ich glotz nicht, ich gucke ganz normal."
Und zwar ziemlich nett, waberte es mich aus Pepes Richtung an.
Erschrocken wich ich zurück. Auweia! Wie peinlich war das denn! Es fühlte sich gerade an, als würde mein Gesicht tuschkastenrot explodieren.
„Also, was meint ihr nun?", fragte Pepe. Er sah mich durchdringend an. „Wer ist der Dieb?"
„Keine Ahnung. Du vielleicht?"
Was redet die denn da?!, dachte Emma. *Und wieso ist sie so knallrot?*
„Ich kann mich gerade noch beherrschen!" Pepe lachte glucksend. „Was soll ich denn mit dem Zeug, das geklaut worden ist? Tut mir leid, Emma, aber mit so einer Mädchenuhr würde ich ziemlich bescheuert aussehen."

Malte knüllte das Papier zusammen und schnippte es im hohen Bogen in den Mülleimer. „Lucija war's. Wer sonst?"
„Wieso bist du dir da so sicher?", wollte ich wissen.
„Hast du nicht ihr neues Lesegerät gesehen? Das kostet mindestens einen Hunni! Und jedes Mal, wenn wir was in die Klassenkasse zahlen sollen, hat sie keine Kohle."
„Sie hat das Lesegerät von ihrem Onkel geschenkt kriegt", klärte ich ihn auf.
„Das hat sie dir also erzählt?"
„Ja, hat sie."
Nils gackerte albern. „Und das glaubst du?"
Ich würde Fritzi auch so einiges erzählen, bloß um mich nicht verdächtig zu machen.
Statt etwas darauf zu sagen, konzentrierte ich mich noch mehr, aber Nils kaute wieder und hatte das Denken eingestellt.
Und jetzt?
Alle vier waren einerseits verdächtig, andererseits auch wieder nicht. Rausgekriegt hatte ich nichts. Außer dass Pepe fand, dass ich ziemlich nett guckte. Das war zwar schmeichelhaft, aber mit Liebeskram wollte ich wirklich noch nichts zu tun haben!
Die Jungs hatten ihre Döner fast verputzt. Nicht mehr lange und sie würden abdampfen. Emma sah mich auch schon ganz

panisch an. Ich musste was unternehmen. Jetzt, sofort! Nur was?
„So, Leute, ich bin dann mal weg“, meinte Nils und warf sein Papier in den Mülleimer. Er nickte mir zu. „Coole Kopfhörer.“
„Ja, die waren auch richtig teuer“, sagte ich geistesgegenwärtig.
„Ach, echt?“, fragte Emil interessiert.
Ich nickte eifrig. „Im Internet kriegst du locker 40 Euro dafür.“
„Oder sogar 60!“, kam Emma mir zu Hilfe. Schlaue Emma!
Was labert die denn da?, wehte es mich aus Emils Richtung an. *40 Euro! Für die Dinger bekommt man nicht mehr als zehn. Scheiße, Mann, wo krieg ich nur die Kohle für einen neuen Computer her?*
Er ächzte in Gedanken, doch bevor ich ihn weiter anzapfen konnte, machten sich die Jungs einer nach dem anderen vom Acker. Und ich stand mit meinem Döner wie doof da.
„Du schiescht ausch, alsch würdescht du gleisch abheben“, nuschelte Emma. Zahnspangenalarm.
„Emil … er hat … hat was gedacht“, stotterte ich.
„Waschen?“
„Dass er Geld braucht. Für einen neuen Computer.“
Das ist aber kein Beweis.
„Natürlich ist das kein Beweis“, antwortete ich, „aber verdächtig ist das schon.“

„Und was ist mit dem Wurstbrot, dem Smiley-Aufkleber und dem Kuli? Hat Emil die Sachen etwa auch geklaut, weil er sich einen neuen Computer anschaffen will?“

„Emma, ich kann nur Gedanken lesen! Nicht hellsehen.“

„Holla, du kannst was? Gedanken lesen?“ Der Dönerverkäufer stand wie hergebeamt hinter uns und wischte über den Stehtisch, den die Jungs völlig eingesaut hatten.

„Ja, äh, in meiner Rolle, äh, im Schultheater“, erklärte ich. Bevor ich noch mehr stottern konnte, machten Emma und ich lieber schnell den Abflug.

Niemand wusste von meiner Fähigkeit. Niemand außer Emma und Moppel. Und das sollte auch so bleiben.

Eine neue heiße Spur?

Hier ist die Hitliste aller Peinlichkeiten, die an einem normalen Freitagmorgen passieren können:

1. Frau Kralle-Kahn und Herrn Matschke dabei erwischen, wie sie Händchen haltend im Gang zum Chemielabor stehen, ertappt auseinanderfahren und „Hallihallo, wen haben wir denn da!“ rufen.
2. Auf dem Schulklo sitzen und viel zu spät feststellen, dass kein Klopapier da ist. Daraufhin die beste Freundin ansimsen, damit sie einen erlöst.
3. Einen Apfel essend durch die Aula laufen, die kreischige Stimme seiner Kusine hören und kurz darauf feststellen, dass sie mit den Jungs der Hornbrillen-Gang herumsteht.

Ich hakte Emma unter. „Komm, das muss ich mir genauer ansehen. Aber starr da nicht so auffällig hin!“

Ich bin ja nicht blöd.
Statt darauf zu antworten, zog ich Emma Richtung Tatort.
„Oh, das wär ja so süß von euch!“, quietschte Leni und spielte mit ihren Röschenhaarspangen. „Echt spacig!“
Spacig! Das sagt Leni sonst nie. Das hat sie von mir geklaut!
Spacig sagt doch sonst nur Fritzi!, dachte Emma prompt.
„Eben!“, knurrte ich. „Na, warte. Die kann was erleben!“
Emma und ich gingen hinter einem Pfeiler in Deckung. So waren wir dicht genug an den fünfen dran, um zu hören, was sie sagten. Aber leider zu weit weg, um ihre Gedanken zu belauschen.
„Hast du überhaupt Ahnung von Computern?“, erkundigte sich Emil.
„Ein bisschen“, piepste Leni. „Aber ich will ja auch in euren Club, um es zu lernen!“
Ich griff nach Emmas Hand und quetschte sie. Leni wollte in den Computerclub? Eher konnte sich noch Moppel in einer Gruppe für Hochbegabte anmelden! Leni hat noch weniger Ahnung von Computern als ich. Mit ein bisschen Glück findet sie gerade mal den Ein-und-aus-Knopf.
„Aber wir können dir nicht ständig irgendwas erklären.“ Pepe klang genervt. „Wir schreiben ja schon Programme. Wir bringen uns alles selbst bei.“

„Fernsehprogramme?“, fragte Leni, woraufhin ich mich nicht mehr beherrschen konnte und einen Lachanfall bekam. Meine Kusine ist manchmal so blöd, dass es echt wehtut!

Ihr Gesicht tauchte hinter dem Pfeiler auf. „Sag mal, lauscht ihr etwa?“

„Hast du die Aula vielleicht für eine private Veranstaltung gemietet?“, entgegnete ich und biss in meinen Apfel.

Ich hakte mich bei Emma unter und wir stolzierten hochnäsig wie Prinzessinnen davon.

„Kapierst du das?“, fragte Emma, als wir außer Hörweite waren. „Was hat Leni mit Computern am Hut?“

„Keine Ahnung. Vielleicht will sie den Titel der Miss Oberpeinlich gewinnen.“

„Irgendwie kann sie einem fast leidtun“, meinte Emma mit gekrauster Nase.

Ich warf meinen Apfelrest weg, dann machte ich mich an meinen täglichen Spionagerundgang. Emma half mir, indem sie guckte, wo sich jemand verdächtig benahm, und mich zu den entsprechenden Schülern lotste.

Ich hatte schon Murat und Gabriel angezapft (die nur Balla-balla-Sachen dachten), als Emma außer Atem angeflitzt kam.

„Henriette!“, keuchte sie.

„Was ist mit Henriette?“

„Sie ist gerade ins Klassenzimmer rein und hat die Tür hinter sich zugemacht!"

„Ja und?", sagte ich. Henriette ist total nett, aufgeschlossen und eine super Klassensprecherin. Kaum vorstellbar, dass sie die Diebin war.

„Überprüf sie lieber!" Emma bekam einen weinerlichen Gesichtsausdruck.

Ich will … ich will … will meine Uhr wiederhaben! Fritzi muss mir helfen!

„Okay", sagte ich. „Wir können da jetzt entweder nicht reingehen und gucken, ob sie gerade irgendwas durchwühlt oder …" Ich verlor den Faden.

„Was oder?" Emma sah immer verzweifelter aus.

„Oder wir gehen rein und gucken nach."

Emma zeigte auf ihren Button. „WGDRDW!"

Wir rannten in den ersten Stock und flitzten über den Gang zu unserem Klassenzimmer.

„Überrumpelungstaktik?", hechelte ich.

„Überrumpelungstaktik!"

Emma schmatzte aufgeregt mit ihrer Zahnspange, im nächsten Moment drückte ich die Klinke runter und stieß die Tür auf. Irgendwas schepperte. Jemand schubste mich von hinten.

„Was soll denn das? Könnt ihr nicht normal reingehen?"

Leni war wie aus dem Nichts hinter uns aufgetaucht und schob sich an uns vorbei in den Klassenraum. Ich lugte über sie hinweg, konnte aber nichts Spannendes entdecken. Henriette stand an der Tafel und wischte die Matheformeln der letzten Stunde ab. Nichts deutete darauf hin, dass sie vielleicht eben noch in fremden Taschen gestöbert hatte.

„Und jetzt?“, raunte mir Emma zu.

„Ich zapfe sie an, was sonst?“

Schon schnappte ich mir den Lappen, der immer über dem Waschbecken hängt, und ging zu ihr.

„Du musst mir nicht helfen, Fritzi.“ Henriette lächelte knapp. „Du hast doch gar keinen Tafeldienst.“

Bäh, stinkt der Schwamm!

„Du ja auch nicht.“ In dieser Woche war das Lucijas Aufgabe, doch die war weit und breit nicht zu sehen.

„Egal. Mir war eh langweilig.“

Als Klassensprecherin muss man so was auch mal außer der Reihe tun. Für die anderen. Bäh, der Schwamm stinkt wirklich!

„Weißt du, wo Lucija steckt?“, fragte ich.

Henriette zuckte mit den Achseln. „Vielleicht hat sie gerade was Besseres zu tun.“

Zum Beispiel durch die anderen Klassen ziehen und klauen, hörte ich und es klang ziemlich grimmig.

Ich hatte es mir schon fast gedacht. Henriette war unschuldig.
„Dann denkst du also auch, dass es Lucija ist?“, fragte ich.
„Mhm“, brummte Henriette, was weder nach ja noch nach nein klang. Dabei sah sie mich so komisch an, dass ich mich wieder ein Stück an sie heranpirschte.
Vielleicht war es ja auch Fritzi ... Und sie tut jetzt nur so?
Henriettes Augenbrauen rutschten unter ihren Pony. *Aber ich weiß nicht ... Eigentlich traue ich ihr das nicht zu. Vor allem, man bestiehlt doch nicht seine beste Freundin!*
Henriette lächelte mich an und ich machte, dass ich auf meinen Platz kam.
Wie blöd war das denn! Ein Tag nach dem anderen verstrich, aber Emma und ich tappten nach wie vor im Dunkeln. Und der Dieb war bestimmt ganz in unserer Nähe und lachte sich eins ins Fäustchen.

Geburtstagskaffeetrinken mit Erwachsenen sind ganz schön öde. Richtig schlimm wird es aber dann, wenn auch noch meine Kusine anwesend ist.
Ich konnte mich diesmal nicht drücken, weil Tante Bine 40 wurde (runder Geburtstag!). Und weil Emma darauf be-

stand, dass ich die Gelegenheit nutzte und Lenis Gedanken anzapfte. Ich musste ganz dringend rauskriegen, warum sie in den Computerclub wollte. Vielleicht machte sie ja mit der Hornbrillen-Gang gemeinsame Sache und am Ende teilten sie sich das Diebesgut? Leni ist zwar einerseits dumm wie Knäckebrot, andererseits aber auch total gerissen.
Nachdem Mama ausführlich von ihrer Arbeit am Krankenhaus erzählt hatte, fragte Tante Bine: „Na, Fritzi? Wie läuft's denn so in der Schule?"
Wie läuft es denn in der Schule? ist eine der bescheuertsten Fragen, die ich kenne. Einfallsloser geht es kaum. Ich bekam auf der Stelle einen so heftigen Müdigkeitsschub, dass mir fast die Augen zufielen.
„Geht so", murmelte ich schlaftrunken.
Geht so ist immer eine gute Antwort. *Geht so* kann alles Mögliche bedeuten und mit ein bisschen Glück wird man nicht weiter ausgequetscht.
„Und was machen die Diebstähle in der Klasse?", mischte sich Mama ein.
Ich wachte schlagartig wieder auf.
„Im Moment ist alles okay. Aber wir haben Angst, dass der Dieb bald wieder zuschlägt. Oder die Diebin."
Dabei guckte ich zu Leni rüber, die verkrampft ihre Boots

musterte. Sie sahen ziemlich ausgetreten, ziemlich braun und ziemlich hässlich aus.

„Meine schönen Chucks", jaulte sie leise, als hätte sie meine Gedanken gelesen.

„Wieso, deine Boots sind so niedlich!", log ich.

Schon die ganze Zeit hatte ich auf eine günstige Gelegenheit gewartet, mich an sie ranzuwanzen. Ich nahm meinen Kuchenteller und quetschte mich – schwupp – neben Leni aufs Sofa. Dann tat ich, als müsste ich ihre niedlichen Boots genauer unter die Lupe nehmen.

„Ey!", meckerte sie. „Hier ist kein Platz für uns beide! Und krümel nicht alles voll."

Boah, Fritzi kann einem echt auf die Nerven gehen!

„Nun lass deine Kusine doch mal neben dir sitzen", meinte Onkel Klaus.

Aber ich will das nicht! Sie ist blöd!

„Leni!", flötete ich und schmatzte ihr ein Küsschen auf die Wange. „Du bist doch meine allerliebste Kusine!"

Ja, sülz nur rum. Das kauf ich dir sowieso nicht ab!

„Und die Lehrer unternehmen nichts in der Sache?", kam Mama wieder aufs Thema zurück.

„Was sollen sie denn machen?" Ich versuchte, auch noch meine zweite Pobacke aufs Sofa zu zwängen. „Alle Sachen mit Sekundenkleber beschmieren und hoffen, dass der Dieb irgendwo kleben bleibt?“

Alle lachten. Nur Leni sah aus, als würde sie gleich Gift versprühen.

Ha, ist das witzig! Fritzi, spiel dich nicht immer so in den Vordergrund.

„Wisst ihr schon das Neueste?“, fragte ich. „Leni wird jetzt ein Computerfreak! Sie geht in den Computerclub.“

„Ach, wirklich?“, staunte Tante Bine.

Iah! Muhh! Bröhh!, ging es neben mir los. Das klang so gruselig, dass ich eine Gänsehaut bekam.

Als ich zu Leni rüberschielte, sah ich, dass sie so rot wie Mamas Lieblingslippenstift geworden war und sich nervös am Hals kratzte. Alarmstufe zehn! Ich konzentrierte mich. Doch immer noch hörte ich nur Tierlaute. War Leni etwa verrückt geworden?

„Aber das muss dir doch nicht peinlich sein, Leni“, meinte Tante Bine.

Hört auf! Hört auf! Hört einfach auf!

„Das ist doch voll spacig, dass du jetzt Computerprogramme schreibst“, meinte ich unschuldig.

Onkel Klaus lachte. „Tja, meine Leni hat so viele verborgene Talente.“

Warum hören die nicht auf?! Bestimmt fragen sie gleich, ob ein Junge dahintersteckt, und dann explodiert mein Gesicht.
Ich starrte Leni an. Ein JUNGE steckte dahinter?
„Leni?“, sagte ich mit lieblichem Lächeln. Jetzt wurde es brenzlig. Ich durfte es nicht verderben! „Steckt vielleicht ein Junge dahinter?“ Und in die Runde trompetete ich: „Im Computerclub sind nämlich gar keine Mädchen!“
„Bist du bescheuert?“, fauchte Leni.
Wie kommt Fritzi da jetzt darauf? Ob sie es etwa weiß? Hat sie gesehen, wie ich Pepe immer angucke?
PEPE?! Ach du großer Schreck! War sie etwa in Pepe verknallt? In den Jungen, der fand, dass ich nett guckte?
Bevor ich noch losprustete oder etwas anderes Blödes tat, schnappte ich mir ein Stück Kuchen und aß es in Rekordzeit auf.
Tante Bine grinste. „Leni? Hat Fritzi da zufällig den Nagel auf den Kopf getroffen?“
Onkel Klaus stieß Tante Bine an und sagte: „Nun bring das Kind doch nicht in Verlegenheit. Du würdest bestimmt auch nicht gern vor uns allen deine Liebesangelegenheiten ausplaudern!“
Weil Tante Bine eine ziemlich nette Tante ist, wechselte sie sofort das Thema und tauschte sich mit Mama, Papa und Onkel Klaus über neue Kinofilme aus.

Uff, machte Leni in Gedanken. Dann musterte sie mich verstohlen. *Sehe ich etwa so verknallt aus, dass Fritzi das gemerkt hat? Uahh! Dann checkt Pepe das ja vielleicht auch. Pepe ... Pepe ... Pepe ...*

Leni dachte noch zirka siebzehn Mal diesen Namen. Das war schon übel genug. Doch als sie sich dann noch vorstellte, wie sie mit ihm Händchen haltend über eine Wiese voller Gänseblümchen lief und er sie schließlich vor einem Säbelzahntiger rettete, rückte ich ein Stück von ihr ab.

„Wasnjetzt?“, nuschelte Leni beleidigt.

„Äh, nichts. Ich hab nur Angst, dass mir gleich ein Säbelzahntiger in den Nacken springt.“

Leni fuhr vom Sofa hoch. „Hör auf, Fritzi! Was soll das?“ Sie plumpste wieder runter.

Mach lieber, dass ich meine Chucks wiederkriege!

Sie hatte also ihre Turnschuhe nicht selbst geklaut.

„Leni!“, mahnte Onkel Klaus und seine Stirn sah zerfurcht aus. „Fritzi hat doch nichts gemacht.“

„Doch, hat sie! Sie hat ... sie ist ...“

Sie ist blöd! Und dann weiß sie auch noch, was ich denke!

Ich konnte mir ein Grinsen nicht verkneifen.

„Vertragt euch, Kinder“, meinte nun auch Mama.

Ich nahm mir vor, Leni nicht weiter zu erschrecken. Ich hatte ja auch genug gehört. Sie war nicht die Diebin. Sie hatte nur schrecklich peinliches Liebesgewaber im Kopf. Wer hätte das gedacht!

Montage sind doof. Weil man meistens eine schrecklich lange Schulwoche mit fürchterlich vielen Arbeiten, Tests und Hausaufgaben vor sich hat. Noch doofer sind Montage allerdings, wenn die Mutter einen der frischen Luft wegen mit dem Rad zur Schule jagt und man gleich in der ersten Stunde Geschichte eine Drei minus von Herrn Lempert zurückbekommt.

„Ich verstehe das nicht“, trötete Emma, die auch nicht besser abgeschnitten hatte. „Der Test war doch so leicht.“

Das hatte ich auch geglaubt. Aber vielleicht waren ein paar fiese Stolperfallen drin gewesen.

„Es gibt leider auch eine Fünf“, erklärte Herr Lempert, während er wie eine 100-jährige Schildkröte durch den Mittelgang kroch. „Lucija, was war los?“

„Ich … äh … weiß nicht“, sagte sie mit Zitterstimme.

„Mädchen, du musst ein bisschen Gas geben. Nicht, dass du noch von deiner schönen Zwei auf eine Vier rutschst.“

Irgendjemand kicherte.

Herr Lempert fuhr herum. „Emil? Was ist daran so lustig?“

„Ist doch nicht so schlimm mit der Note. Lucija braucht ja keinen Schulabschluss.“

Totenstille. Herr Lempert guckte eisig.

„Und warum nicht?“

„Die wird doch Profidiebin“, zischelte jemand leise.

„Wie bitte?“, fragte Herr Lempert nach und legte seine Hand ans Ohr.

„Ist schon um die Ecke und holt Brötchen!“, trötete Emil.

Alles lachte.

Ich drehte mich nach Lucija um, die ziemlich blass um die Nase war.

„Du bist jetzt besser mal still, Emil.“

Herr Lempert gab Lucija die Arbeit zurück, dann legte er mit seinem schnarchlangweiligen Unterricht los. Die alten Ägypter waren noch ein bisschen älter und ranziger geworden und es dauerte ewig, bis es endlich klingelte. Ich hatte total Lust auf etwas Leckeres, das a) nicht in meiner Brotbox lag und b) nicht bei Frau Tiedje zu kaufen war.

Ich brauchte nicht lange, um Emma zu überreden, nach nebenan in die Bäckerei zu huschen. Dafür war sie immer zu haben. Auch wenn es genauso wenig erlaubt war, wie Hotdogs am Imbiss zu kaufen.

Auf dem Weg dorthin erzählte ich ihr von Leni und dem Liebesgewaber in ihrem Kopf.

„Nee, Hammer, echt jetzt?“, kreischte sie. „Weißt du denn, ob Pepe sie auch gut findet?“

Ich zuckte mit den Achseln. Ich wusste nur, dass Pepe es nett fand, wie ich guckte. Aber das hatte ich Emma nicht mal erzählt. Weil es total peinlich war.

„Ich muss dir was sagen“, gestand ich jetzt.

Emma schmatzte mit ihrer Zahnspange.

Aha? Wasch kommt denn jetscht?

„Pepe hat neulich was über mich gedacht.“

„Und was?“

„Dass ich ... äh ... nett gucke.“

„Nee, Hammer, echt jetzt?!“, kreischte Emma wieder. „Pepe ist in dich verliebt!“

„Ist er nicht! Er findet nur, dass ich nett gucke.“

„Das ist doch das Gleiche!“

„Grr“, machte ich bloß.

Was hat Fritzi nur? Liebe ist doch toll!

„Echt, Krümel?“

„Klar!“ Emma kicherte verlegen. „Also, wenn sich ein toller Schauspieler in mich verlieben würde, fände ich das schon super. Bei Pepe ... keine Ahnung.“

„Jedenfalls steht er nicht auf Leni und auch nicht auf Röschenhaarspangen“, beendete ich die Diskussion.

Wir holten uns zwei quietschbunt glasierte Donuts, dann bummelten wir kauend zurück zur Schule. Eigentlich wollte ich mir noch mal die Englischvokabeln ansehen, aber daraus wurde nichts. In unserer Klasse war das totale Chaos ausgebrochen! Emil sprang wie Rumpelstilzchen herum, dazu kreischten, lärmten und trampelten die anderen, als stammten sie vom Planet der Affen. Henriette lief wie aufgezogen durch die Reihen und versuchte für Ruhe zu sorgen, aber niemand beachtete sie.

Leni stand vorne an der Tafel und schrieb in Schönschrift:

Doofe Lucija! Doofe Lucija! Doofe Lucija!

Wie gemein!

Wie fies!, dachte Emma hinterher.

Ich blickte mich um, doch Lucija war nirgends zu sehen. Emma und ich wechselten einen Blick. Was hatte das zu bedeuten? Bevor wir uns Henriette schnappen und sie fragen konnten, fegte Frau Kralle-Kahn in einem rosafarbenen Flatterkleid herein. Sie blieb wie angewurzelt stehen und rieb sich die steile Falte zwischen ihren Augenbrauen.

„Was ist hier los?"

Emil stampfte mit dem Fuß auf und brüllte: „Ich kill sie! Ich kill sie! Aber echt jetzt!"

„Ruhe! Aber sofort!" Frau Kralle-Kahn hatte eine unangenehme Sirenenstimme.

Es wurde sofort still im Raum. Leni trottete zu ihrem Platz.

„Emil? Erzähl mal."

„Mein Computerhandbuch ist gestohlen worden!"

Leni meldete sich. „Meine Sportsachen sind auch weg!"

„Und meine Monatskarte!" Das war Jonas, der sich seinen Haarvorhang aus dem Gesicht strich.

„Wer hat das geschrieben?" Frau Kralle-Kahn zeigte auf die Tafel.

„Niemand", erklärte Leni und verschränkte trotzig die Arme vor der Brust.

„Gut, wenn das niemand war, kann niemand das jetzt auch wieder abwischen. Und die anderen setzen sich inzwischen hin."

Leni schlich murrend zurück an die Tafel und löschte das Geschmiere. Das geschah ihr ganz recht! Wie konnte sie bloß so etwas Fieses anschreiben?

Frau Kralle-Kahns Blick glitt über die Reihen.

„Wo ist Lucija?"

„Nicht da", sagte Jonas.

Auf den Gedanken war Frau Kralle-Kahn sicher auch schon gekommen.

Emils Finger schoss in die Höhe. „Wahrscheinlich klaut sie irgendwo!"

„Hat sie jemand dabei gesehen?", wollte Frau Kralle-Kahn wissen. Ihre Stimme klang eisig.

Stille in der Klasse.

„Gut, dann gehe ich davon aus, dass dem nicht so ist. Übrigens ist es reichlich unfair, sie einfach zu beschuldigen. Ohne dass es irgendeinen Beweis gibt."

„Wer soll es denn sonst gewesen sein?", rief Nils dazwischen. „Lucija hat einen supertollen neuen Reader und ihre Eltern sind doch ..."

„Ja, was sind ihre Eltern?" Frau Kralle-Kahns Augen sahen hinter den dicken Brillengläsern noch größer aus als sonst. Sie war jetzt richtig sauer.

„Ja, äh ... die kommen doch aus ..."

„Kroatien, richtig", kam Frau Kralle-Kahn ihm zu Hilfe. „Und du meinst also, weil ihre Eltern von dort kommen und Lucija auch da geboren ist, klaut sie zwangsläufig?"

Nils senkte den Blick und Frau Kralle-Kahn holte kopfschüttelnd ihr Physikbuch raus. „Ich hätte euch wirklich für intelligenter gehalten. So was macht man nicht."

Da hat sie Recht, dachten Emma und Lisa im Duett und ich ertappte mich dabei, wie mein Kopf auf und ab wippte.

„Ich rede noch mal mit eurem Klassenlehrer über die Angelegenheit", fuhr Frau Kralle-Kahn fort. „Und jetzt schlagt bitte euer Buch auf Seite 43 auf."

Ich meldete mich.

„Ja, Fritzi?"

„Was ist denn nun mit Lucija? Ich mein, sie läuft jetzt irgendwo da draußen rum und …" Ich wusste nicht weiter und ruderte mit den Händen.

„Sie wird sicher gleich auftauchen", beruhigte mich Frau Kralle-Kahn.

Tatsächlich ging kurz darauf die Tür auf und Lucija schlich herein. Sie war blass, ihre Augen sahen verweint aus und ihre langen Haare hatten jeden Glanz verloren. Die Arme! Es musste schlimm sein, fast die ganze Klasse gegen sich zu haben. Sie tat mir so leid!

Heilfroh, dass die letzten beiden Stunden Englisch ausfielen (Mr Greenbottle war krank), trieb ich Emma nach der Vierten wie einen Esel zu den Fahrradständern. Ich hatte keine Lust,

Gedanken anzuzapfen. Ich wollte nur weg aus der Schule. So wie Lucija. Die war nach dem Klingeln wie der Blitz abgezischt.
„Ich kapier's nicht“, meinte Emma. „Monatskarte, dreckige Sportsachen und ein Computerhandbuch – der Dieb hat doch nicht mehr alle Tassen im Schrank!“
In diesem Augenblick sah ich etwas. Beziehungsweise ich sah es *nicht*. Mein gelbes Rad, das ja bekanntlich das schönste auf der ganzen Welt ist, war weg! Wo ich es angeschlossen hatte, baumelte nur noch das Schloss.
„Fritzi? Hallo?“
Oje, hoffentlich sieht sie nicht gerade Gespenster. Oder hört Stimmen.
„Emma, mein Rad ist weg!“ Mir war mit einem Mal so flau, dass ich mich am Fahrradständer festhalten musste.
„Wie – dein Rad ist weg?“, fragte Emma, als hätte ich chinesisch gesprochen.
„Da ... da ... da!“ Ich deutete auf das Schloss.
Emma untersuchte es eine Weile, dann knurrte sie: „Das ist ja auch kein Wunder. Du hattest es gar nicht richtig angeschlossen. Das Schloss ist jedenfalls nicht aufgebrochen worden.“
Toll gemacht, Fritzi! Volltreffer!
„Aber wer klaut denn ein Fahrrad?“ Ich jaulte genauso wie Emma und Leni, als ihre Sachen weggekommen waren. „Hier

laufen ständig Leute vorbei. Da kann man doch erwischt werden!“

Wenn's schon zum Unterricht geklingelt hat und alle Schüler drinnen sind, nicht, überlegte Emma.

Ich plumpste wie ein Mehlsack auf den Mauervorsprung, wo die Schüler aus den höheren Klassen manchmal heimlich rauchen. Ein übler Geruch von kaltem Rauch stieg mir in die Nase, aber selbst das war mir gerade egal.

„Lucija“, sagte ich.

„Was ist mit Lucija?“ Emma setzte sich neben mich.

„Vielleicht war sie es ja doch.“ Ich blickte Emma ernst an. „Sie ist zu spät zum Unterricht gekommen. In der Zeit hätte sie mein Rad klauen können.“

Emma schmatzte aufgeregt mit ihrer Zahnspange. „Aber dein Rad ischt total alt! Und klapprisch!“

„Und schön gelb. Und Lucija mag die Farbe. Das hat sie mir selbst gesagt, als wir neulich shoppen waren.“

Emma legte ihre Stirn in Falten. Ein bisschen sah sie jetzt aus wie ihr Hund. „Und wenn schon. Sie könnte doch niemals damit rumfahren. Man würde dein Rad überall erkennen.“

„Genau wie deine Herzenuhr“, sagte ich.

Emma zwickte mich. „Achtung!“

Ich drehte mich um und sah Lucija auf uns zukommen. Mir

wurde heiß und kalt und eine ganze Ameisenfamilie krabbelte über meinen Rücken.
Im nächsten Moment war sie schon bei uns. Sie sah uns an, holte tief Luft und heulte erst mal los.
„Komm, setz dich“, sagte ich und bot Lucija den Platz neben mir auf dem Mauervorsprung an.
Ich wusste nicht, was ich denken sollte. War sie die Diebin? War sie es nicht? Alles war so verwirrend! Insgeheim hoffte ich, dass ihr etwas Entlarvendes durch den Kopf gehen würde.
„Ich halt’s nicht mehr aus!“, schniefte sie. „Die sind so fies zu mir!“
Alle! Alle! Alle!
„Ja, alle“, wiederholte ich ihre Gedanken.
Lucija fuhr hoch, aber ich zog sie gleich wieder auf das Mäuerchen. Ich durfte nichts von dem, was sie dachte, verpassen! Keine einzige Silbe!
„Glaubt ihr auch, dass ich es war?“
Ich biss mir auf die Lippen. Emma zupfte an ihrem T-Shirt herum.
„Hätten wir denn Grund dazu?“, fragte ich.
Was soll das? Wie meint Fritzi das?
„Wie meinst du das?“, sagte sie laut und wischte sich das Gesicht ab.

„Mein Rad ist weg“, knurrte ich.

„Wie ... was ... dein schönes gelbes Rad?“

„Ja, mein schönes gelbes Rad.“

Lucijas Mund klappte auf und ihre Zungenspitze schnellte vor.

Arme Fritzi! Ihr Fahrrad ist doch ihr Ein und Alles. Dieser gemeine Dieb! Dem müsste man mal seine Lieblingssachen wegnehmen!

„Stimmt“, grunzte ich und fing an zu lachen.

Wieso lacht sie denn jetzt? Hä?

Emma guckte mich ebenfalls an, als hätte ich nicht mehr alle Gehirnzellen beisammen. Dabei war ich bloß supererleichtert, dass Lucija unschuldig war. Ihre Gedanken war doch der eindeutige Beweis!

„Was stimmt?“, fragte Lucija.

„Dass mein Rad weg ist“, sagte ich. „Leider.“

Lucija nickte und tätschelte mich mitfühlend.

Ich wünschte, ich könnte ihr ein neues kaufen. Fritzi ist die Einzige, die die ganze Zeit zu mir gehalten hat.

Sie lächelte und ich musste wegsehen, weil ich mich so schämte, sie verdächtigt zu haben. Auch wenn es ja nur ganz kurz gewesen war.

„Danke, Lucija“, nuschelte ich.

„Wieso, wofür?“

„Ach, nur so“, sagte ich und plinkerte ein paar Mal zu Emma rüber.
Die zuckte mit den Achseln und starrte mich fragend an. Ich trat auf Lineal-Länge an sie heran.
Ist Lucija unschuldig?, hörte ich.
Ich nickte.
Hab ich doch gleich gesagt.
Wie spacig, dass Emma und ich Infos austauschen konnten, ohne dass jemand was davon mitkriegte!
Lucija stand auf, dann hüpfte ihr Blick pingpongmäßig zwischen Emma und mir hin und her.
Komisch. Haben die eine Art Geheimsprache? Oder verstehen sie sich einfach so? Weil sie sich schon so lange kennen?
Ich konnte nicht anders und kicherte albern. Wenn Lucija wüsste!
Wir wurden von Pepe, Malte, Emil und Nils unterbrochen, die angetrabt kamen. Emil hatte eine Tüte Pommes in der Hand und einen Mayonnaisefleck am Kinn.
„Ey, Lucija, du klaust jetzt auch Fahrräder?“, rief Nils. „Ist ja cool. Dann kannst du es ja auch mal mit Autos probieren. Die Matschbacke fährt doch so einen irren Sportflitzer.“
„Halt die Klappe“, fuhr ich ihn an. „Lucija hat mein Rad nicht geklaut.“

„Wieso dein Rad? Emils Rad ist weg. Und das ist ziemlich bescheuert."

„Was?", schrie Emma. „Ich glaub's ja wohl nicht!"

„Meins ist aber auch weg. Das ist mindestens genauso bescheuert."

Ich stellte mich schützend vor Lucija.

Ich hab Angst. Ich war's doch nicht. Ich war's wirklich nicht! Was soll ich auch mit zwei Fahrrädern?

„Lucija war's nicht", erklärte ich.

„Und woher willst du das wissen?", fragte Emil mit finsterer Miene.

„Wie soll sie es denn geschafft haben, in der kurzen Zeit zwei Räder von hier wegzuschaffen? Und dann noch in den Unterricht zu kommen?"

„Vielleicht hat sie ja einen Komplizen", meinte Nils.

„Genau, Komplizen!", rief Malte. „Und die sind schon mit den Rädern unterwegs nach Kroatien. Das ist eine ganze Bande!"

„Klar, und auf dem Mond wachsen Fischstäbchen an Bäumen", sagte ich und zeigte allen dreien einen Vogel.

Nur einen ließ ich aus. Pepe. Der stand die ganze Zeit abseits, rupfte Blätter von einem Busch und guckte, als hätte er eine Kröte verschluckt. Ab und zu sah er zu mir rüber, aber da er zu weit weg war, konnte ich seine Gedanken nicht anzapfen. Oh Mann! Ob Pepe vielleicht doch verdächtig war? Oder fand er wieder nur, dass ich nett guckte? Das konnte ich jetzt echt nicht gebrauchen!

„Hat jemand Lust auf einen Döner? Ich geb einen aus!", rief ich, ohne vorher nachzudenken. Kaum ausgesprochen, wollte ich mich am liebsten wegbeamen. Ich hatte überhaupt nicht genug Geld für sieben Döner. Wahrscheinlich hatte ich nicht mal genug für einen dabei!

„Cool!"

„Super!"

„Klar, immer!"

„Gern auch zwei!", riefen die Jungs durcheinander.

Emma und Lucija starrten mich an, als hätte ich sie nicht mehr alle. Was ja auch stimmte.

Schon trabten die Jungs los und wir Mädchen zuckelten hinterher.

„Ist das dein Ernst?", flüsterte Emma mir zu.

„Natürlich nicht", flüsterte ich zurück. „Aber ich muss Pepe anzapfen. Und zwar dringend!"

„Die Jungs werden dich killen, wenn du gleich einen Rückzieher machst."

„Was willst du?", wollte Lucija wissen. „Pepe anzapfen?"

Ach, du dickes Ei! Lucija hatte ja wohl bessere Ohren als jede Fledermaus.

„Äh, nee, das ist nur so ein Spruch", redete ich mich raus.

Ich lief etwas schneller und war schon fast auf Pepes Höhe, als er sich nach mir umdrehte und ich hörte:

Oh Mist, hat sie es etwa gecheckt?

„Alles klar?", sagte ich und tat auf total normal.

Hilfe, sie HAT was gecheckt! Garantiert!

„Wie meinst du das?"

„Ach, nichts", murmelte ich. Besser, ich hielt einfach meine Klappe. Was hatte Pepe gemeint? Worum ging es? Konnte er nicht in klaren, zusammenhängenden Sätzen denken?

Gefühlte Stunden liefen wir schweigend nebeneinanderher, aber bloß ein paar wirre Wörter wehten mich an. *Trödeldödel ... Dumm ... Lieblingsqualle ... Glitterflitter ...* Es folgten ein paar Computerbegriffe. Einmal riskierte ich einen Blick nach links und sah, dass Pepe verbissen Kaugummi kaute. Leider dachte er aber nichts Spannendes. Nicht mal, dass ich nett guckte.

Wir waren schneller am Dönerstand, als mir lieb war. Wo sollte ich bloß das Geld für die vielen Döner hernehmen? Geldscheine flattern nicht einfach vom Himmel!

„Sieben Döner!“, rief Emil dem Imbissverkäufer zu. Er zeigte auf mich. „Die da zahlt.“

Mit zittrigen Händen wühlte ich in meinem Rucksack, fand mein Portemonnaie und klickte es auf.

Zwei Euro zwanzig. Das war alles, was ich dabeihatte.

„Äh, ich muss euch was sagen“, gestand ich.

Sechs Augenpaare hefteten sich auf mich.

„Tut mir leid, aber ich kann euch doch nicht einladen“, krächzte ich. „Ich dachte, ich hätte noch zwanzig Euro, aber der Schein ist futsch.“

„Auch geklaut?“, wollte Pepe wissen.

„Äh, keine Ahnung. Vielleicht liegt er auch zu Hause auf dem Küchentisch.“

Lucija meinte, dass ich sie auch gar nicht einladen müsste, aber die Jungs starrten mich grimmig an.

„Also doch keine sieben Döner?“, wollte der Imbissverkäufer wissen.

Ich schüttelte den Kopf.

„Ganz schön mies, uns hierherzulocken“, meinte Nils.

Malte bekam rote Flecken im Gesicht. „Du willst uns wohl verkackeiern, oder?“

Ich schüttelte den Kopf. „Ich dachte nur ... vielleicht kann ich euch ja demnächst mal einladen.“

„Wie demnächst?“, fragte Pepe und rieb sich die sommersprossige Nase.
„Wenn Emma und ich bei euch im Computerclub mitmachen dürfen.“
Die Jungs gafften mich an. Unauffällig neigte ich mich vor und zurück, nach links und nach rechts.
Flash-ROM ... Knoblauchsoße ... Megabyte ... Zwiebeln ... Erweiterungsspeicher ... jam-jam-jam ...
Na toll. Wenn das kein Beweis war, dass Jungs nur Computerkram und Essen im Kopf haben!
Wahrscheinlich hätten sie gegafft, bis es dunkel geworden wäre, wenn sich Emma nicht kerzengerade hingestellt und gesagt hätte: „Leni darf doch auch und vielleicht können wir euch ja noch was beibringen.“
„Was denn?“, gluckste Emil. „Wie man sich ein lustiges Tierbild als Bildschirmschoner runterlädt?“
„Vielleicht wollen sie uns auch zeigen, wie man am Bildschirm mit Barbies spielt“, meinte Nils und kringelte sich vor Lachen.
In derselben Sekunde hatte ich den Geistesblitz. Ich sagte: „Ja, lacht euch nur schlapp. Ich bin gerade dabei, einen Lügendetektor zu erfinden, und komme nicht so richtig weiter.“
„Lügendetektor?“ Pepes Augen wurden murmelrund. „Was soll denn das sein?“

„Das ist ... äh ... ein ganz neues Computerprogramm. Das erkennt, ob gerade ein Lügner am Computer sitzt oder jemand, der die Wahrheit sagt."
„Häh? Wie das denn?", wollte Malte wissen.
Die spinnt ja wohl! So was gibt es nicht!, wehte es mich von Nils an.
Will Fritzi die veräppeln? Das war Lucija.
„Der erkennt über einen Sensor an der Tastatur, ob derjenige, der gerade in die Tasten tippt, Angstschweiß an den Fingern hat", fuhr ich ernst fort.
Statt wieder wie irre loszugackern und mir zu sagen, dass ich ja wohl einen an der Waffel hätte, sahen sich die Jungs an. Sie steckten die Köpfe zusammen und tuschelten miteinander.
Emma drückte aufgeregt meine Hand.
Wer weiß ...? Vielleicht ist das ja doch kein Quatsch, überlegte Lucija.
Das Getuschel hörte auf, dann trat Nils vor und sagte: „Also gut. Kommt einfach mal morgen Nachmittag vorbei. Aber wenn wir rauskriegen, dass ihr uns nur verarschen wollt, könnt ihr was erleben."
„Mhm, schon klar", sagte ich, während sich mein Bauch zusammenkrampfte. Ich musste mir etwas einfallen lassen,

um mit meiner tollen neuen Erfindung bestehen zu können. Und ich hatte nicht viel Zeit.

„Stimmt das wirklich?", frage Lucija, nachdem die Hornbrillen-Gang abgezogen war. „Ein Computer mit verstecktem Lügendetektor?"

„Nö, klingt aber spacig, oder?" Eigentlich konnte ich mir für den Einfall selbst auf die Schulter klopfen.

„Ich verstehe nicht ganz ..." Lucijas Schultern rutschten rauf und wieder runter.

„Das musst du auch nicht. Aber glaub mir, es ist nur für einen guten Zweck."

Ich knuffte sie zum Abschied und bat sie, den Jungs nichts zu verraten. Sonst würde meine geheime Mission noch platzen.

„Natürlich nicht", erklärte sie.

Auf dem Weg zur Bushaltestelle – Emma schob netterweise ihr Rad neben mir her – wurde mir erst so richtig klar, dass mein schönes, mein heiß geliebtes Fahrrad tatsächlich weg war. Das war so schrecklich traurig, dass ich den Kopf hängen ließ und keinen Ton mehr sagte. Wie sollte ich das meinen Eltern beibringen?

Was hat Fritzi denn?, wehte es mich an. *Die Idee mit der Lügendetektor-Software ist einfach nur spacig.*

„Klar ist das spacig", sagte ich. „Aber erstens ist mein Rad weg

und zweitens werden die Jungs sofort merken, dass ich ihnen einen Bären aufgebunden habe. Ich hab doch keinen Schimmer, wie man ein Computerprogramm schreibt!"
„Was ist mit Klaras Freund?", überlegte Emma laut. „Kann der so was nicht?"
Ich zuckte mit den Schultern. Felix war Kameramann, er sammelte Ritterfiguren und wollte die Welt retten. Aber ob er auch ein Computerfreak war? Eher nicht. Trotzdem konnte ich ihn ja mal fragen. „Und wegen deines Fahrrads mach dir mal keine Gedanken", tröstete mich Emma. „Wenn wir ab sofort unser Taschengeld zusammenlegen, haben wir am Ende des Schuljahrs bestimmt genug zusammen, um dir ein neues zu kaufen."
„Ach, Emma!", seufzte ich und drückte sie fest an mich.
Du bist die Beste, die Süßeste, die Tollste!, dachte ich.
Du auch!
„Wie?", fragte ich erschrocken. „Kannst du jetzt etwa auch Gedanken lesen?"
„Nein, aber erraten!" Emma grinste.
Dann setzte ich mich auf ihren Gepäckträger und auf dem Bürgersteig hin und her eiernd fuhren wir nach Hause.

Es gab drei Baustellen in meinem Leben:

1. Mein Papa. Schlimm genug, dass mein schönes gelbes Rad weg war. Aber musste er, der sonst immer für alles Verständnis hatte, mich deswegen auch noch anmeckern? Ich konnte doch nichts dafür!
2. Die Hornbrillen-Gang. Wie sollte ich es morgen im Computerclub anstellen, dass ich nicht aufflog?
3. Meine Schwester. Sie packte nach wie vor Umzugskartons und überall stolperte man über ihren Krempel. Das war schrecklich. Weil es mich daran erinnerte, dass sie bald nicht mehr da sein würde.

Beim Abendessen war Felix da und ich wartete auf einen günstigen Moment, um ihn auf die Computersache anzusprechen. Was nicht so einfach war, weil Klara die ganze Zeit von einer tollen neuen Serie redete, die in der Zukunft spielte und für die sie sich ganz tolle neue Schminktechniken ausdenken musste. Vor allem für die Außerirdischen.

Zukunft war das Stichwort. Ich räusperte mich und heftete meinen Blick auf Felix.

„Felix? Du kennst dich doch bestimmt mit Computern aus, oder?“, fragte ich beiläufig.

„Ein bisschen. Wieso?“ Er nahm sich von den Cannelloni, die

Mama auf dem Rückweg von ihrer Arbeit beim Italiener geholt hatte.
„Emma und ich gehen morgen in den Computerclub in unserer Schule und da will ich mich nicht ganz so blöd anstellen."
Klara fing an zu lachen. „Du willst im Computerclub mitmachen? Was ist denn mit dir los?"
Es klang, als hätte ich gesagt, dass ich die nächste Mars-Expedition leiten würde.
„Wieso denn nicht?", fragte ich.
Nein, ich war nicht eingeschnappt. Ich war sauer. RICHTIG sauer.
„Weil du, wenn's um Computer geht, am liebsten Saft über die Tastatur kippst."
Klara gackerte immer weiter, was ich fies von ihr fand. Okay, ich hatte einmal ein Glas umgestoßen und Saft war in die Tastatur gelaufen. Der Laptop war im Eimer gewesen. Aber musste sie mir das immer wieder unter die Nase reiben?
„Wir lernen da programmieren", erklärte ich, woraufhin Klara schon wieder losprustete. Ja, total witzig! Vielleicht sollte ich mich ja doch freuen, dass meine Schwester bald auszog.
„Fritzi ist intelligent", meinte Mama. „Warum sollte sie es nicht lernen?"

„Weil ein Osterhase auch nicht Schlittschuhlaufen lernt", feixte Klara.
„Du bist blöd!", zischte ich.
Klaras Hand kam angekrabbelt. „He! War doch nur Spaß, Fritzi."
„Und wie kann ich dir jetzt helfen?", schaltete sich Felix ein.
Wahrscheinlich muss ich sie sowieso enttäuschen, waberte es mich an.
Ich ließ meine Gabel sinken. „Ach, egal."
Moppel sprang auf meinen Schoß. Ich dachte, sie würde mich ein bisschen trösten, aber sie miaute und maunzte nervtötend.
Gib mir was vom Huhn ab! Na, los! Du hast doch so viel auf deinem Teller.
„Du kannst so viel miauen, wie du willst. Du kriegst jetzt nichts", erklärte ich. „Zisch ab!"
Aber Moppel dachte gar nicht daran, sich zu trollen, sondern krallte sich an meiner Hose fest.
Die Katzenkekse, die du mir mitgebracht hast, sind auch schon wieder alle. Los, gib mir was!
„Pass auf, dass die Katze nicht auf den Tisch springt", mahnte Mama.
„Was seid ihr denn so barsch zu Moppel?", schaltete sich Klara ein. „Sie will doch nur schmusen."

„Will sie nicht. Sie will mein Huhn“, brummte ich.

„Aha? Kannst du etwa ihre Gedanken lesen?“

„Ja, genau“, sagte ich und stand auf.

Egal, dass ich das eben gesagt hatte. Mir glaubte ja sowieso niemand. So wie immer. Mama war ganz in ihrer Krankenhaus-Vollwertkost-Welt, Papa in seiner Kaffee-und-Kuchen-Welt, Klara in ihrer Umzugskartons-Welt. Und der Einzige, der mir an diesem Tisch hätte helfen können, nämlich Felix, hatte keinen blassen Schimmer.

Also ging ich in mein Zimmer, wo ich mich in mein Hochbett verkroch und mein neues Mia-Buch zur Hand nahm. Vielleicht, so hoffte ich, würde mir über Nacht noch die Erleuchtung kommen. Falls nicht, hatte ich Pech gehabt.

Kartoffeln, ein Hamburger, Krümel und ein Geständnis

Als Emma und ich am nächsten Morgen in den Gang zu unserem Klassenzimmer einbogen, drang Johlen zu uns herüber.

Ich blickte Emma an, die die Augen erschrocken aufriss.

Hoffentlich ist nicht wieder was geklaut worden! Es reicht langsam!

Ich nickte und stieß die Tür mit dem Fuß auf.

Alle standen um Leni herum und redeten aufgeregt durcheinander.

„Was ist denn jetzt schon wieder los?", fragte ich, aber keiner hörte mir zu.

Wirre Gedankenfetzen wehten mich von allen Seiten an. Immer wieder fiel das Wort *Kartoffel*. Kartoffel? Was sollte das bedeuten?

„Henriette? Was ist passiert?"

Mir ist das langsam alles zu blöd. Und Fritzi soll sich nicht aufspielen, als wäre sie die Klassensprecherin Nummer zwei.

Ich warf ihr einen giftigen Blick zu. Manchmal ist es wirklich besser, wenn man nicht weiß, was die anderen über einen denken. Ich drängelte mich zu Leni durch, die versonnen lächelnd dastand und zwei Kartoffeln streichelte, die vor ihr auf dem Tisch lagen.

„Was tust du da?"

„Die waren in meinen Chucks!" Leni zeigte mir ihre Füße, die wieder in ihren heiß geliebten Turnschuhen steckten.

„Die Kartoffeln waren in deinen Schuhen? Hast du die da reingetan?"

Leni schüttelte den Kopf. „Bin ich blöd?"

Lucija ist voll der Psycho!, hörte ich von Emil, der neben mir stand. *Die gehört echt eingesperrt! Erst klauen und dann Gemüse reinpacken!*

Mr Greenbottle kam herein und alle huschten in Windeseile auf ihre Plätze.

„Leni, would you please take the potatoes off the table", sagte Mr Greenbottle.

Er schien es nicht mal komisch zu finden, dass Kartoffeln auf ihrem Tisch lagen. Leni warf sie in ihre Schultasche, Mr

Greenbottle begann mit dem Unterricht und niemand verlor mehr ein Wort über die Sache.
Das war aber nicht das einzig Merkwürdige an diesem Morgen. In der kleinen Pause lag plötzlich Lisas Federmäppchen auf dem Lehrerpult. Daneben ihr Zirkel, um den der Dieb einen Lolli gebunden hatte. Lisa griff mit zitternden Händen nach dem Mäppchen und zog den Reißverschluss so vorsichtig auf, als könnten ihr ein paar Kröten entgegenspringen.
„Mach du lieber", bat sie Henriette schließlich.
Die nahm das Mäppchen und kippte es auf dem Pult aus. Reißzwecken, Gummibärchen und Büroklammern – alles purzelte durcheinander. Und mittendrin: Lisas Füller, ihre Monatskarte und ihr Schülerausweis.
„Ich ... das kann doch nicht wahr sein", stotterte Lisa.
Sie wurde kreideweiß, ließ sich auf ihren Stuhl plumpsen und kicherte bloß noch in sich hinein.
Wie alle in der Klasse hofften auch Emma und ich, dass unsere Sachen wieder auftauchen würden. Während Emma in der großen Pause unser Klassenzimmer auf den Kopf stellte, flitzte ich aus dem Gebäude und hielt nach meinem gelben Drahtesel Ausschau. Fehlanzeige. Das Fahrrad war nirgends zu sehen. Traurig trottete ich in die Klasse zurück. Emma hatte ihre Uhr auch nicht wiederbekommen.

Mist!, hörte ich.

„Ach, Krümel! Vielleicht müssen wir einfach ein bisschen Geduld haben", meinte ich und nahm sie in den Arm.

Nur Jonas' Baseballcap fand sich in der zweiten großen Pause an. Sie klemmte zwischen Tafel und Wand und ein Totenkopf-Sticker aus Metall war daran befestigt.

Jonas glotzte die Mütze wie ein außerirdisches Etwas an, bevor er sie aufsetzte.

„Ich fass es nicht!", ächzte er. Dann lief er zum Fenster, riss es auf und schnappte nach Luft.

Ich gönnte ihm ja, dass er seine Mütze zurückhatte. Ein bisschen neidisch war ich trotzdem. Ohne mein Rad fühlte ich mich wie ein Fisch auf dem Trockenen. Und ich wusste ja auch nicht, ob ich es jemals zurückkriegen würde.

In der sechsten Stunde hatten wir Unterricht bei der Matschbacke. Gewissenhaft wie immer zeigte Henriette auf und sagte: „Der Dieb hat heute ein paar der gestohlenen Sachen in die Klasse geschmuggelt. Lenis Turnschuhe, Lisas Federmäppchen und Jonas' Baseballcap."

Herr Matschkes Augenbrauen wanderten überrascht in die Höhe. „Aber ihr habt ihn nicht dabei erwischt?"

Henriette schüttelte den Kopf.

„Wo steckt eigentlich Lucija?", wollte Lisa wissen.

Alle Köpfe flogen herum, aber Lucijas Platz war leer.
Jonas lachte höhnisch auf.
„Wahrscheinlich hat sie Angst, dass wir Hackfleisch aus ihr machen. Und deswegen ist sie lieber gleich abgehauen."
„Hier wird aus niemandem Hackfleisch gemacht, damit das klar ist", erklärte Herr Matschke. „Lucija ist krank. Ihre Mutter hat angerufen."
Jetzt fiel es mir auch auf. Lucija war heute Morgen gar nicht erschienen.
„Dann kann sie es ja eigentlich nicht gewesen sein!", schlussfolgerte Emil total intelligent. Jaja, er braucht immer ein bisschen länger.
Herr Matschke packte in aller Seelenruhe seine Bücher aus, bevor er sagte: „Frau Kralle-Kahn und ich haben schon die Schulleitung verständigt. Aber wenn jetzt alle Sachen wieder auftauchen, wird es vielleicht nicht nötig sein, die Polizei einzuschalten."
Ein Raunen ging durch die Klasse. Die Polizei? Daran hatte ja noch niemand gedacht!
Herr Matschke sah hoch. „Der Dieb kann sich übrigens immer noch bei mir melden und alles gestehen."
Schlagartig war es still in der Klasse. Nur Murat hustete und ab und zu flog mich ein Gedankenfetzen von Emma an.

Es könnte ja auch Matschbacke selbst gewesen sein. Oder er macht mit Frau Kralle-Dingsbums gemeinsame Sache.

Ich guckte Emma von der Seite an und zuckte mit den Schultern.

Was, wenn sie Recht hatte? Vielleicht musste ich genau die unter die Lupe nehmen, die am wenigsten verdächtig waren?

„Emma, das ist die totale Schnapsidee!“, japste ich. „Pepe wird nicht auf Befehl das Richtige denken ... Und alle wollen mein selbst erfundenes Programm sehen ... Das wird einfach nur schrecklich!“

Emma und ich hatten in der Cafeteria zu Mittag gegessen (Frau Tiedje hatte mich wieder um zehn Cent betuppt) und trabten nun Richtung Computerraum. In meiner Westentasche steckte ein USB-Stick von Klara, den ich mir am Morgen noch aus ihrem Umzugsdurcheinander gefischt hatte. Nur für alle Fälle. Was ich damit anstellen sollte, wusste ich nicht so genau, aber ich hoffte, dass mir im richtigen Moment etwas Schlaues einfallen würde. Immerhin hatte ich damit schon mal die richtige Ausrüstung für den Computerclub.

Emma hakte mich unter.

„Beeil dich mal! Die fangen noch ohne uns an.“

Wir huschten am Kunstraum vorbei und bogen in den älteren Nebentrakt der Schule ein. Hier waren die Wände gräulich, der Boden ebenfalls und es roch immer ein bisschen nach Chemie. Ich konnte mir wirklich Besseres vorstellen, als jetzt bei der Hornbrillen-Gang zu spionieren (zum Beispiel ein Eis essen zu gehen), aber

1. wollte ich mein Rad wiederhaben,
2. wollte Emma ihre Uhr wiederhaben,
3. war es wichtig, dass Lucija nicht weiter verdächtigt wurde.

„Okay“, sagte ich, holte tief Luft und drückte die Klinke zum Computerraum herunter.

Das Erste und Einzige, was ich sah, waren Chucks. Diesmal ohne Kartoffeln drin. Sie gehörten zu Leni, die auf dem Tisch saß und ihre Beine baumeln ließ. In der nächsten Sekunde stolperte ich über ihre braunen ausgelatschten Miefboots.

„Ey, kannst du die mal wegnehmen?“, blaffte ich.

„Selbst schuld, wenn du hier einfach reinplatzt. Hat dich ja keiner eingeladen.“

„Das ist hier aber nicht dein Kitschzimmer, wo du zu bestimmen hast!“

„Was wollt ihr denn hier?“

Die haben mir gerade noch gefehlt!

„Dasselbe wie du. Programmieren lernen." Ich kickte die Boots weg und schleuderte meinen Rucksack neben sie auf den Tisch. „Aber du kannst das ja bestimmt schon."

„Spinnst du, Fritzi?" Sie sammelte ihre Schuhe ein, dann stellte sie sich wie ein Gorillaweibchen vor mich hin. „Jetzt sag mal ehrlich, warum ihr hier seid. Du interessierst dich doch gar nicht für Computer."

„Ich hab's dir gerade ehrlich gesagt. Aber wenn du mir nicht glaubst …" Ich zuckte mit den Achseln.

Die lügt doch wie gedruckt!

Mist, war ich etwa so leicht zu durchschauen?

„Leni, du weißt doch, dass ich nie lüge", setzte ich zuckersüß lächelnd nach.

Die Tür ging auf und ein Junge nach dem anderen kam hereingetrödelt. Emil und Malte futterten Schmalzgebäck aus der Tüte und hinterließen eine Zuckerspur auf dem Boden, Pepe biss in einen Hamburger und Nils hackte seine Zähne in ein Stück Pizza mit Salami.

Trotz der üblen Geruchsmischung, die mich anwehte, rief ich fröhlich: „Hallo, da sind wir!"

„Hallo, da seid ihr ja", sagte Nils total unfröhlich. So als wären Emma und ich Warzenschweine auf zwei Beinen.

Die Jungs schlurften an uns vorbei, würdigten uns aber keines Blickes. Nicht mal Pepe guckte mich an. Logisch, dass ich meine Sender auf Empfang stellte.

Die machen Ernst! Alter Schwede! Das war Emil.

Sumpfnattern! Mist, elender! Das war Malte.

Schon waren die Jungs an uns vorbei und gingen an ihre Computer.

„Äh, und wo sollen wir uns hinsetzen?", fragte ich.

Ich musste ganz dringend Pepe anzapfen, aber das konnte ich nur, wenn ich direkt neben ihm hockte.

Nils drehte sich nach mir um. „Warum geht ihr nicht in die *Zehn-Finger-am-PC-Schreiben-AG*? Da wärt ihr echt besser aufgehoben."

Es fing schon wieder in mir an zu brodeln, aber ich strengte mich an, total freundlich zu gucken. „Die fängt erst nächste Woche an. Zeigt uns doch einfach mal, was ihr so treibt."

„Zeig du doch erst mal dein Lügendetektor-Programm", meinte Nils und lachte meckernd.

„Okay, von mir aus."

Während Leni Kulleraugen machte (sie verstand bestimmt nur Bahnhof), zog ich den Stick aus meiner Hosentasche. „Meine Schwester hat das Programm kopiert. Wer will mal sehen?"

„Ich!"

„Ich!“

„Ich!“

„Ich!“, schrien alle durcheinander.

Urg, dachte Leni, die jetzt richtig blöd aus der Wäsche guckte.

Die blufft doch nur, dachte Emil und Pepe verschluckte sich erst mal, als ich ihm den Stick hinhielt.

Ich … ey … äh … peinlich.

Pepe hüstelte. Aus dem Hüsteln wurde ein furchterregendes Bellen und ich klopfte ihm auf den Rücken.

Das ist einfach nur peinlich!

Ich verstand überhaupt nicht, was Pepe hatte. Was war denn so schrecklich peinlich, dass er es nicht mal schaffte, den Stick in den Computer zu schieben?

Mein Blick fiel auf die Tastatur, in der eklige Essensreste klebten. Bäh! Meinte er das?

„Darf ich mal?“ Ich pulte ein Stück Gurke raus, das zwischen dem E und dem R klemmte, dann pustete ich die Krümel in Lenis Richtung.

Pepe starrte mich an.

Ich kann sie doch nicht zu meinem Geburtstag einladen. Da lachen sich die anderen schlapp. Und ich müsste auch Emma einladen. Und Leni … Die will ich aber ganz bestimmt nicht dabeihaben.

Ach du großer Schreck! Er wollte mich zu seinem Geburtstag einladen? Das war wirklich peinlich! Jedenfalls, wenn ich das einzige Mädchen war. Ich konnte nur hoffen, dass die Peinlichkeit siegte und er mich deswegen niemals ansprechen würde.

Endlich schaffte er es, den Stick in den Computer zu schieben, der daraufhin surrend startete. In meinem Hirn arbeitete es unter Hochdruck. Gleich würde rauskommen, dass ich nur geblufft hatte. Ich musste Gas geben und Pepes Gedanken so schnell wie möglich auf die Diebstähle in der Klasse lenken. Ich hatte nur noch ein paar Sekunden Zeit, bevor ich aufflog.

„Und was hast du jetzt auf dem Stick?" Leni stand plötzlich hinter uns.

Fritzi soll die Finger von ihm lassen. Pepe gehört mir. MIR!

Auweia. Konnte bitte mal jemand dafür sorgen, dass meine Kusine nicht weiter nervte? Oder sie gleich rauswerfen? Von mir aus konnte sie Pepe gerne haben! Wenn ich bloß heil aus dieser Sache rauskam.

„Ich zeige Pepe nur das Lügendetektor-Programm, das ich erfunden habe", erklärte ich.

„Du erfindest Computerprogramme? Ich lach mich schlapp!"

„Zusammen mit Felix", log ich weiter. Und zu Pepe sagte ich:

„Das ist der Freund meiner Schwester. Er ist Kameramann beim Fernsehen." Hoffentlich machte das ein bisschen Eindruck.
Das Stick-Symbol tauchte auf dem Bildschirm auf und Pepe klickte es an. Hilfe, ich brauchte eine Idee!
„Leni, bist du eigentlich happy, dass deine Turnschuhe wieder da sind?", fragte ich absichtlich laut. „Das ist schon riesig, oder?"
Blöd, wie Leni war, fiel sie drauf rein und quiekte: „Ja, das ist total riesig!" Sie krauste die Stirn. „Wobei man sich echt fragt, ob der Dieb einen Totalschaden hat. Was sollte das mit den Kartoffeln? Und wieso hat er an Jonas' Mütze einen Totenkopf getackert?"
„Tja, was das nur sollte ...", wiederholte ich und sah Pepe an.
Wüsste ich auch gerne, was das soll, hörte ich von Pepe. *Total bescheuert, wenn man mich fragt!*
„Wie soll denn das Programm heißen?", fragte Pepe laut. „Ich finde hier nur Fotos und Schminktipps und so was."
„Äh, Lügenprogramm", log ich.
Lügenprogramm, totlach! Wer's glaubt! Das war wieder Leni.
„Leni, setzt du dich bitte mal an deinen Computer?", bat Pepe. „Wir können dich hier gerade nicht gebrauchen."
Leni zog ein beleidigtes Gesicht, schlenderte dann aber zu ihrem Platz. Pepe sah ihr verstohlen nach.

Endlich! Die nervt so unglaublich! Fritzi ist viel, viel ... ach ...
Er hörte mitten im Satz auf zu denken und klickte sich durch die Dateien auf dem Stick.

WAS war ich?

„Lügenprogramm, sagtest du?"

Ich nickte.

Pepes Finger flitzten über die Tastatur. Ich stützte mich mit den Ellenbogen neben ihm auf dem Tisch ab. Aber ich hörte nichts. Absolut gar nichts!

Ich holte tief Luft und fragte: „Pepe, was glaubst du eigentlich, wer der Dieb ist?"

Was soll denn das? Wieso fragt sie das jetzt?

„Wie meinst du das?"

„Wer dieser Idiot ist, der alles geklaut hat."

„Keine Ahnung." Er tippte weiter.

Lucija war's. Das weiß doch jeder. Nur die ist so durchgeknallt, dass sie Kartoffeln in Turnschuhe steckt.

Aus dem Augenwinkel sah ich, dass er die Stirn runzelte.

Vielleicht war's aber auch Leni. Die ist ja auch echt seltsam drauf. Und das mit den Kartoffeln war vielleicht nur ein riesengroßer Bluff ...

Pepe war es also auch nicht! Ich blickte zu Emma rüber und schüttelte langsam den Kopf.

„Wann hat deine Schwester denn das Programm auf den Stick gezogen?“, erkundigte sich Pepe, als ich mich schon aus dem Staub machen wollte. Was ich neulich angeblich *gecheckt* hatte, war mir gerade ziemlich egal. Außerdem brachte es mein Rad und Emmas Herzenuhr auch nicht wieder zurück.

„Äh, gestern Abend.“ Ich spürte eine vulkanheiße Welle durch mich hindurchrauschen. Gleich flog ich auf. GLEICH!

Wieso wird sie denn jetzt rot?

„Jedenfalls hat meine Schwester mir das so gesagt. Ich war ja nicht dabei.“

Leni kam schon wieder angedackelt und kicherte fies. „Ich hab doch gleich gesagt, dass Fritzi keine Programme schreiben kann.“

Das macht gar nichts, dachte Pepe.

„Und der Freund von ihrer Schwester ist auch ein ziemlicher Laschi“, fuhr Leni fort. „Das einzig Coole an ihm ist seine Fransenjacke.“

Ich wollte lautstark widersprechen – immerhin konnte Felix romantische Gedichte schreiben und er setzte sich für die Umwelt ein –, als Pepe sich nach mir umdrehte.

Äh, äh, äh, hörte ich.

Ich starrte Pepe an.

Pepe starrte zurück.

Sie, sie, sie …

Was, was, was? Ich schaute ihn fragend an.

Fritzi ist einfach das tollste Mädchen in der Klasse, ach, im ganzen Universum! Ob sie mich auch mag? Vielleicht ein bisschen?

Ich zuckte zurück und Pepes Gedanken verwaberten. Damit ich ganz sicher nichts mehr von ihm mitbekam, machte ich einen Schritt nach hinten.

„Pass auf, Fritzi!", rief Emma, aber zu spät.

Ich stolperte, konnte mich nicht mehr fangen und hing im nächsten Moment mit dem Po im Papierkorb fest.

Emma kam angelaufen und half mir raus, während Leni dastand und gackerte. Blöde Kuh!

„Hast du dir wehgetan?", fragte Emma besorgt.

„Nö", sagte ich, obwohl sich mein Hinterteil anfühlte, als wäre es wie ein Schnitzel platt geklopft worden.

Die Jungs taten nichts. Außer blöd zu gaffen.

„Äh, kann ich dann mal … äh … meinen Stick zurückhaben?", stotterte ich mit garantiert tomatenrotem Kopf. Das tollste Mädchen im Universum! Das musste erst mal verdaut werden.

„Wahrscheinlich hat meine Schwester das Programm doch … äh … auf einem anderen Stick abgespeichert."

Ich streckte meine Hand aus, blieb aber vorsichtshalber auf Abstand. Für heute hatte ich vom Gedankenlesen genug.
„Krümel, kommst du?"
Emma nickte.
„Aber wir sollten euch doch ... Ihr wolltet doch programmieren lernen", stotterte Pepe und reichte mir den Stick. Er fühlte sich ein bisschen klebrig an.
„Lass sie doch", brummte Nils. „Mädchen im Computerclub – das ist eh blöd."
„Wenn das so ist, kann ich ja auch gehen", meinte Leni eingeschnappt.
„Hab nichts dagegen." Emil schnaubte. „Tu, was du nicht lassen kannst."
„Ich auch nicht", sagte Malte. „Und ich wette, Fritzi lädt uns sowieso nicht zum Döner ein."
Während Leni mit verkniffenem Mund ihre Sachen zusammenpackte, schnappte ich mir meinen Rucksack und dann lief ich so schnell aus dem Raum, dass ich fast über die Bommel meiner Schuhe stolperte.

Fazit des Tages:
1. Pepe war nicht der Dieb, den wir suchten.
2. Er hielt mich für tollste Mädchen im Universum. Emma

fand das total spacig, als ich ihr später davon erzählte. Ja, vielleicht war das spacig. Aber mir reichte es, wenn er mich einfach nur nett fand. Er musste mich gar nicht zu seinem Geburtstag einladen.

3. Leni würde mich killen, wenn sie davon erfuhr.
4. Fastfood-Krümel in der Computertastatur sind total eklig.
5. Mein Ausflug in die Computerwelt war damit beendet.

Eine Gitarrenstunde mit Folgen

Es war Freitagnachmittag, draußen regnete es in Strömen und ich saß mit zwei anderen Mädchen in der Musikschule. Auf den Gitarrenunterricht bei Bruno freute ich mich immer schon die ganze Woche. Obwohl Bruno fast so alt wie mein Papa ist, sieht er mit den vielen Tattoos auf den Armen, den schulterlangen Haaren und den Lederklamotten wie ein cooler Popstar aus.

Nachdem wir unsere Gitarren gestimmt hatten, übten wir das Lied, das wir beim letzten Mal einstudiert hatten.

Wir waren gerade so richtig in Fahrt, als Bruno in die Hände klatschte: „Stopp, Ladys! Luzie, du hast den Mollakkord nicht sauber gespielt, und Fritzi, dein Einsatz kam zu spät."

Es klopfte.

„Ja, bitte." Es klang alles andere als begeistert.

Die Tür ging auf und zwei Menschen mit Ritterhelmfrisuren schauten herein. Mensch Nummer eins war mein Mitschüler Jonas mit untergeklemmter Gitarre. Mensch Nummer zwei war auch Jonas, bloß viel, viel älter.

„Entschuldigung." Mensch Nummer zwei, dessen Helmfrisur schon etwas angegraut war, räusperte sich. Mensch Nummer eins bekam einen roten Kopf.

„Sind wir hier richtig? Mein Sohn hat einen Termin zum Vorspielen."

Jonas spielte Gitarre? Er konnte gut singen, er war sogar der Star des Schulchors, aber er hatte nie etwas von einem Instrument erzählt.

„Bitte gedulden Sie sich einen Moment", sagte Bruno und deutete auf die Bank neben der Tür. „Wir sind gleich fertig."

Die beiden setzten sich.

Jonas war immer noch ziemlich rot im Gesicht. Er grinste zwar in meine Richtung, aber es sah nicht so aus, als würde er sich riesig freuen, mich zu sehen.

Bruno gab den Einsatz und schon spielten wir los. Auch wenn die Zuhörer nur Jonas und sein Vater waren, strengte ich mich total an. Ich wollte mich ja nicht blamieren!

„Sehr gut gemacht", lobte uns Bruno, als wir zum Ende gekommen waren, und Jonas klatschte sogar Beifall.

Ich war noch dabei, meine Gitarre in der Hülle zu verstauen, als er auf mich zusteuerte.
„Ich wusste gar nicht, dass du Gitarre spielst", sagte er. „Wie lange bist du jetzt schon dabei?"
„Fast ein Jahr."
Ich zwängte mich in meine Jacke. Gleichzeitig beugte sich Jonas neugierig über mein Instrument.
Sie spielt ja schon ganz gut. Aber ... Menno ... Ich in dieser Mädchengruppe? Das ist doch pupspeinlich!
„Vielleicht gibt es ja auch eine weniger pupspeinliche Jungsgruppe", antwortete ich ganz automatisch. Im nächsten Moment wollte ich mir am liebsten auf die Zunge beißen. Eines Tages würde ich mich noch selbst verraten!
„Wie bitte?", stotterte Jonas.
„Jonas, kommst du dann?", rief sein Vater.
„Viel Glück beim Vorspielen", sagte ich und machte lieber schnell die Biege.
Auf dem Flur bückte ich mich. Ein Schnürsenkel meiner Bommelschuhe war aufgegangen. Als ich wieder hochkam, rumste Jonas in mich rein und ich taumelte zur Seite.
„Sorry. Hier, du hast deine Kopfhörer vergessen."
Ach du Schreck! Wie konnte das nur passieren? Meine Kopfhörer hüte ich wie einen Schatz.

„Danke, Jonas!“ Das war echt nett von ihm. Emil oder Malte hätten mir die Kopfhörer ganz bestimmt nicht nachgetragen. Jonas strich seinen Haarvorhang beiseite, aber ein paar Strähnen fielen ihm gleich wieder über die Augenbrauen.

„Klar doch.“ Er grinste.

Sie weiß ja noch nicht, was ich als Nächstes klaue. Wie sie immer mit ihren Kopfhörern angibt ... Als hätte sie sie erfunden!

Ich erstarrte. Was hatte Jonas da eben gedacht?

Er grinste noch eine Spur breiter.

Okay, morgen kriegt sie ihr Rad zurück. Das nervt nur in der Garage.

„Tschüss, Fritzi!“

„Tschüss, äh, Jonas.“

Die Tür klappte zu und ich taumelte total benommen aus der Musikschule.

Zwanzig benebelte Minuten später klingelte ich bei Emma Sturm. Die Tür wurde aufgerissen und der Au-pair-Boy Jeff grinste mir entgegen. Jeff kommt aus New York, er hat eine schöne milchkaffeebraune Haut, leuchtend weiße Zähne und

Rastazöpfe. Und er spricht genauso gut deutsch wie englisch. Ein echt spaciger Typ!
Er lebte jetzt schon seit einem Monat in Emmas Familie und kümmerte sich total süß um Emmas drei kleine Nervensägen-Schwestern Noni, Fietje und Sophie. Er ging mit ihnen auf den Spielplatz, machte ihnen Gemüseburger und brachte ihnen lustige Spiele bei.
„Hi! Miss Fritzi!"
Ich musste kichern. So spricht Jeff mich immer an.
„Ist Emma da?", fragte ich.
Er schüttelte seine Rastalocken. „Die geht mit Anton Gassi."
„Dann warte ich in ihrem Zimmer."
Ich zog die Schuhe aus und huschte geduckt an ihm vorbei. Mir war es immer ein bisschen peinlich, mit Jeff allein zu sein. Auch wenn er supernett ist, wusste ich nie, worüber ich mit ihm reden sollte.
Ich stieg über einen Kinderbuggy hinweg, schob ein Puppenbett zur Seite, trat auf einen Schuh (autsch!), dann war ich in Emmas Zimmer, ihrem plüschigen Reich. Überall verstreut liegen Kissen und Kuscheltiere, von der Deckenlampe baumeln dickbäuchige Engel aus Ton und vor ihrem Bett kann man sich auf einen gemütlichen Flokati kuscheln. Das Tollste aber ist die Bücherwand, die fast bis zur Decke reicht und

echte Schätze beherbergt (zum Beispiel alte Kinderbücher von ihrer Oma). Um mir die Zeit zu vertreiben, stöberte ich eine Weile in ihren Büchern. Es dauerte nicht mal lange, dann kam Emma auch schon zurück. Anton stürzte sich bellend auf mich und schlabberte mich ab, als wäre ich ein Eis am Stiel.

„Anton!“, pfiff Emma ihren Hund zurück.

„Ist der frisch in mich verliebt, oder was?“, knurrte ich und wischte mir das Gesicht ab. Das war mir dann doch ein bisschen zu viel Hundeliebe.

Emma grinste bloß und scheuchte Anton in seine Hundeecke, die aus einer alten zusammengeknüllten Decke bestand. Dort legte er sich hin, um sich ausführlich zu kratzen. „Waren wir verabredet?“

„Nein, aber ich weiß jetzt, wer der Dieb ist! Unglaublich! Das rätst du nie!“

Emmas Mund klappte auf, aber sie brachte keinen Laut über die Lippen.

Wer, wer, WER?

Rote Flecken breiteten sich an ihrem Hals aus.

„Ich sag doch, du rätst es nie.“

„Frau Kralle-Kahn?“

„Nein!“

„Frau Tiedje? Herr Matschke? Der Putzi?“

„Ganz falsch!"

Dann spuck's endlich aus!

Auch Anton hörte auf, sich zu kratzen, und sah mich gespannt an.

Ich holte tief Luft und verkündete: „Jonas!"

„Jonas wer?"

„Jonas Ritterhelm-Frisur! Unser Ex-Klassensprecher. Der Physik-Crack. Der Star des Schulchors. Bester Freund von Murat."

Emmas Flecken verzogen sich, aber ihr Mund stand immer noch offen.

Ich erzählte ihr, wie Jonas mit seinem Ritterhelm-Papi beim Gitarrenunterricht aufgekreuzt war, dass er mir meine Kopfhörer zurückgeben wollte, die ich vergessen hatte, und was ihm dabei durch den Kopf gegangen war.

„Und du hast dich auch wirklich nicht verhört?"

Ich schüttelte den Kopf.

„Du wirst schon sehen. Morgen steht garantiert mein Rad vor der Schule."

„Und was ist mit meiner Herzenuhr?"

„Die ist in seinen Gedanken leider nicht vorgekommen, tut mir leid."

Emma schniefte kurz und meinte: „Fritzi, du musst gut auf deine Kopfhörer aufpassen."

„Am besten lasse ich sie zu Hause, dann kann Jonas sie auch nicht stehlen."
Emma schnappte sich ihren Kuschelelefanten und ließ sich aufs Bett sinken. „Aber warum hat er das gemacht? Ich raff's nicht!"
Er kriegt doch total viel Taschengeld. Er braucht die ganzen Sachen doch gar nicht!
Das stimmte. Jeden anderen aus unserer Klasse hätte ich eher verdächtigt als ausgerechnet den netten Jonas! Er hatte mir schon mal bei einer Klassenarbeit einen Spickzettel rübergeschoben. Er hatte mir Geld geliehen und mir sogar mal einen Schokoriegel geschenkt.
Emmas Lider zuckten. „Vielleicht klaut er ja krankhaft", meinte sie. „Vielleicht kann er nicht anders."
„Du meinst, er ist ein Klepto...dingsda?"
„Kleptomane, ja."
„Aber schon komisch, dass die Krankheit so ganz plötzlich bei ihm ausgebrochen ist", überlegte ich. „Und dass er die Sachen zurückgegeben hat, passt auch nicht dazu. Was machen wir denn jetzt? Herrn Matschke Bescheid geben?"
Anton kam angetrottet und guckte mich an, als würde er angestrengt mit mir grübeln. Vielleicht fand er es aber auch nur blöd, dass ich Moppel nicht mitgebracht hatte.

Emma dachte ein paar *Hms*, dann sagte sie: „Das geht nicht. Wir haben doch keine Beweise."

Sie hatte Recht. Wieso sollte mir die Matschbacke das auch glauben?

Eine fiese Frau Tiedje und eine spacige Hammeridee

Es regnete nicht mehr, aber die Straßen waren immer noch voller Pfützen, über die Emma und ich im Zickzack hüpften. Mein Rucksack wippte auf meinem Rücken, die Bücher darin schlugen mir ins Kreuz, doch das war mir egal. Ich konnte gar nicht schnell genug in die Schule kommen. Weil ich mein gelbes Rad schon im Geiste vor mir sah. Und so wie Emma in sich hineingrinste, hoffte sie vielleicht auch, endlich ihre Herzenuhr zurückzubekommen.

Aber ich wurde übel enttäuscht. Immer wieder lief ich an den Fahrradständern auf und ab – keine Spur von meinem Rad.

Mist, Mist, Mist!, dachte Emma.

„Ja, das ist ganz großer Mist!“, ächzte ich.

„Vielleicht hast du dich doch verhört.“

„Nein, hab ich nicht! Ich bin mir ganz sicher!“

„Und deswegen musst du mich so anblaffen?" Emma knurrte wie Anton, wenn er sich bedroht fühlt, dann zischte sie ab.
Ich konnte ihr nicht mal mehr eine Entschuldigung hinterherrufen. Leider. Ich war ja nicht sauer auf sie, sondern auf Jonas.
Die ersten beiden Unterrichtsstunden über (Physik und Deutsch) ließ ich Jonas keine Sekunde aus den Augen. Was war los mit ihm? Aber sosehr ich ihn auch anstarrte, ich konnte nichts Verdächtiges an ihm feststellen. Sein Haarvorhang hing ihm wie immer ins Gesicht, er hörte aufmerksam zu und meldete sich genauso gewissenhaft wie sonst auch.
In der zweiten großen Pause fasste ich mir ein Herz und trödelte zu ihm rüber.
„Na?", fragte ich. „Wie ist es gestern in der Musikschule noch gelaufen?"
„Super!" Jonas' Zähne blitzten auf.
„Spielst du jetzt bei uns in der Gruppe mit?"
„Weiß nicht. Mein Vater meint, wir sollen uns erst noch eine andere Musikschule angucken."
Ich binde der doch nicht auf die Nase, dass ich für die albernen Mädchen angeblich zu schlecht spiele. Hah! Dieser tätowierte Idiot hat doch keine Ahnung!
Ich unterdrückte ein Kichern und sagte todernst: „Wahr-

scheinlich spielst du viel zu gut und würdest dich sowieso nur bei uns langweilen.“

Während Jonas nickte und ein dümmliches Grinsen anknipste, versuchte ich ihn mit Blicken zu verhexen.

Wo ist mein Rad? Wann kriege ich es wieder? Bring mir mein Rad zurück!, dachte ich mit aller Kraft.

Was starrt die denn so? Ist ja voll gruselig.

„Tja, schade“, sagte ich. „Ich dachte, wir könnten ein Stück zusammen mit dem Rad hinfahren. Obwohl … na ja … meins ist ja geklaut worden. Echt blöd.“

„Ja, das ist echt blöd“, wiederholte er.

Ich konzentrierte mich ganz stark, doch in Jonas’ Hirn herrschte Ebbe.

„Aber vielleicht taucht es ja bald wieder auf“, versuchte ich es noch einmal. „Könnte ja sein.“

„Hm … Ich drück dir die Daumen.“

Mist! Jonas dachte immer noch nichts. Ich zählte bis drei, dann verdrückte ich mich unter dem Vorwand, Emma suchen zu wollen. Mehr konnte ich jetzt nicht tun.

Nach dem Unterricht überredete ich Emma (die immer noch etwas verkniffen dreinschaute), mit zum Essen in die Kantine zu kommen. Nach den sechs Schulstunden fühlte ich mich total platt und Papa hatte mir heute Morgen extra 20 Euro zugesteckt. Er hatte es nicht kleiner gehabt und mich gebeten, gut drauf aufzupassen.

„Tut mir leid wegen heute Morgen." Ich griff nach Emmas Hand. „Ich wollte dich nicht anmotzen."

„Schon okay."

Der Putzi schob geduckt seinen Putzwagen an uns vorbei, als wir die Cafeteria betraten. Der Arme! Wahrscheinlich hatte Frau Tiedje ihn gerade wieder zur Schnecke gemacht, weil er irgendwo eine Staubfluse übersehen hatte.

$a^3 - b^3 = (a - b) \cdot (a^2 + ab + b^2)$

Ich fasste es nicht! Im Hirn des Putzis spukten komplizierte Matheformeln herum? Ich sah ihm lange nach und merkte erst nach einer Weile, dass Emma mich kniff und pikste.

„Bist du in den Putzi verknallt oder was ist los?"

„Ich ... nee ... äh ... er rechnet irgendwas total Schwieriges im Kopf aus!"

„Ja und?", meinte Emma.

„Würdest du gern für Frau Tiedje arbeiten, wenn du ein Mathe-Genie wärst?"

„Ich möchte auch als Mathe-Null nicht für Frau Tiedje arbeiten“, quietschte Emma. „Das will ja wohl keiner!“
Ich stellte einen kleinen Salat aufs Tablett, dann waren wir an der Reihe.
„Einmal Huhn in Currysoße“, sagte ich. „Willst du auch was essen, Emma?“
Ihre Locken flogen wild hin und her, als sie den Kopf schüttelte.
Wusch – landeten eine Kelle Reis und eine Kelle Huhn mit Soße auf dem Teller.
„Macht 2,75.“
Ich wedelte mit dem 20-Euro-Schein. „Ich hab’s leider nicht kleiner.“
„Kein Problem.“
Frau Tiedjes Augen leuchten fiebrig, als sie den Betrag in die Kasse tippte. Ich beugte mich vor und stellte alle Sender auf Empfang.
Na, wer sagt’s denn! 20 Euro! Das gibt sehr ... SEHR viel Wechselgeld! Mal schauen, wie viel ich bei der Kleinen abzwacken kann.
Die Kasse sprang auf und ich schnellte wieder zurück.
„Sie will mich beklauen!“, wisperte ich Emma ins Ohr.
Wie immer fischte die Tiedje das Wechselgeld schneller aus

der Kassenlade, als man gucken konnte. Einen Emma-Seufzer später drückte sie mir eine Handvoll Münzen in die Hand.
„Der Nächste bitte!"
„Einmal das Vegetarische", sagte der Junge hinter mir und drängelte mich mit ausgefahrenen Ellbogen beiseite. Emma konnte sich gerade noch mein Tablett mit dem Essen schnappen.
Etwas abseits ergatterten wir einen Tisch, doch bevor ich zu essen anfing, zählte ich das Kleingeld nach.
„Oh nee!", stöhnte ich.
„Was denn?", fragte Emma.
„Ich hätte 17,25 zurückkriegen müssen! Das hier sind aber nur 16,25."
Ich zählte ein zweites und ein drittes Mal, kam aber jedes Mal auf nur 16,25. Die Tiedje hatte mich um einen Euro betuppt!
„Jetzt reicht's", erklärte ich.
Ich flitzte zur Kasse zurück.
„Hier fehlt aber noch ein Euro!", sagte ich so laut, dass es jeder im Umkreis von 50 Metern mitbekam.
Die Tiedje zuckte zusammen. Im nächsten Moment flötete sie: „Ach, wirklich? Das kann gar nicht sein."
„Ich hab zweimal nachgezählt. Es fehlt ein Euro."
„Und wer sagt, dass du den Euro nicht verbaselt hast?"

„Ich bin mir sicher“, erklärte ich.
Alles um mich herum gaffte.
„Wer weiß?“, meinte die Tiedje und lächelte falsch. „Vielleicht sparst du ja auf ein schickes neues Handy und brauchst jeden Cent extra?“
Ich wusste nicht, was ich zuerst tun sollte: explodieren oder die Tiedje vor allen Leuten auffliegen lassen. Mein Herz schlug wie wild und meine Hände wurden schwitzig.
„Mach mal Platz!“ Frau Tiedje wedelte mit einem Geschirrtuch. „Die anderen haben auch Hunger.“
„Es ist nicht das erste Mal, dass ich hier zu wenig Geld zurückbekomme.“ Meine Stimme wackelte.
„Mädchen, es ist genug.“ Die Tiedje lächelte angestrengt.
Ich musste etwas unternehmen. Jetzt, sofort!
„Alle mal herhören!“, rief ich und klatschte in die Hände. „Ich hab euch was Wichtiges mitzuteilen! Ihr müsst total aufpassen, wenn ihr das Wechselgeld …“
Ich kam nicht mehr dazu, die Kantinenchefin zu verpetzen, weil die in diesem Moment einen spitzen Schrei ausstieß, als wäre sie von einem Krokodil in den Po gebissen worden, und hinter der Kühltheke zusammensackte. Die Schüler standen wie schockgefrostet rum. Doch dann kam zum Glück der Putzi angeflitzt und half der Tiedje auf.

„Weil was?", wollte der Junge wissen, der vorhin hinter mir gestanden hatte.
„Du mit den Zöpfen, kommst du mal bitte?", meldete sich der Putzi zu Wort. „Die Chefin möchte mit dir sprechen."
Frau Tiedjes blondierte Haare standen in alle Richtungen ab, als ich mit wackeligen Beinen hinter den Tresen ging.
„Und Sie machen hier weiter", herrschte sie den Putzi an. So richtig schlecht schien es ihr also nicht zu gehen.
„Komm mal mit, mein Mädchen."
Frau Tiedje schob die Hände in die Gesäßtaschen ihrer knallengen Jeans und ging in die Küche. Ich blieb ihr dicht auf den Fersen.
Dieses nervige Mädchen!, hörte ich. *Die soll mich bloß in Ruhe lassen! Sonst … sonst …*
„Setz dich." Frau Tiedje schob mir einen wackeligen Plastikstuhl hin, aber ich blieb an der Tür stehen. Meine Beine zitterten immer noch und mein Mund war staubtrocken. Wer wusste schon, wozu die Tiedje fähig war? Aber ich musste die Sache jetzt durchziehen!
„Dann erzähl mal." Frau Tiedjes Lächeln sah total künstlich aus. „Wo liegt dein Problem, Herzchen?"
Ich holte tief Luft und erklärte mit fester Stimme: „Jedes Mal, wenn ich was kaufe, zwacken Sie Geld ab und stecken es ein."

Ihr Lächeln erlosch. „Das ... das stimmt doch gar nicht!"

„Und ob das stimmt! Und das machen Sie auch schon länger."

„Was erlaubst du dir eigentlich?", fauchte sie. „Das sind ja hundsgemeine Unterstellungen!"

„Da! Ihre Kittelschürze ist doch voller Kleingeld!"

„Ja und? Das ist ja auch ... äh ... mein Wechselgeld." Schützend legte sie ihre Hand auf den Bauch.

„Gar nicht wahr. Das Wechselgeld nehmen Sie sonst immer aus der Kasse."

Frau Tiedjes Mund klappte auf und gleich wieder zu. Darauf wusste sie wohl nichts zu sagen.

Ich drehte mich zur Tür. „Dann gehe ich jetzt am besten zur Schulleitung ... also zu Herrn Höflich ... und erzähle ihm alles."

Ich hatte es nur so dahingesagt – Herr Höflich ist ein Brummbär mit Vollbart, vor dem ich mich ein bisschen fürchte –, aber die Tiedje war in Turbogeschwindigkeit an der Tür und hielt mich fest.

„Mädchen, tu das nicht!"

„Warum geben Sie es denn nicht endlich zu?"

Nicht zu fassen, dass ich diesem Blag einfach ausgeliefert bin!

„Sie sind mir so oder so ausgeliefert", sagte ich. Ich weiß, das war gemein, aber es ging nicht anders.

Frau Tiedje glotzte mich an.

Ich hab's ja immer gewusst! Das Mädchen sieht Dinge, die andere nicht sehen! Was soll ich nur tun?

Ein paar Sekunden tuckerten dahin, dann gestand sie: „Aber ... das ... äh ... war doch nur ab und zu. Und auch immer nicht viel."

Hah! Hatte ich also Recht gehabt!

Wieso sage ich das jetzt? Bin ich eigentlich noch zu retten?

Ich schaute sie böse an.

„Es waren wirklich nur ein paar Cent! Damit tue ich doch niemandem weh."

„Und wofür brauchen Sie das ganze Geld?"

„Mal für dies, mal für das." Sie sah mich aus müden Augen an. „Was glaubst du eigentlich, wie viel ich hier verdiene? Das reicht gerade so zum Überleben. Aber ich möchte doch auch mal tanzen oder kegeln gehen. Oder mir was Hübsches zum Anziehen kaufen."

Oh ja, das war wirklich dringend nötig. Frau Tiedje trug unter ihrer Kittelschürze ein getigertes, viel zu enges T-Shirt. Und in ihren Jeans sah sie wie eine Wurst in der Pelle aus.

„Der Putzi verdient bestimmt noch viel weniger als Sie", erklärte ich. „Und klaut der vielleicht?"

„Der Putzi?"

„Der Mann vom Reinigungsdienst, der immer den Staub in den Ecken übersieht. Und die Schüler, die Sie beklauen, haben auch kein Geld."

Ich könnte im Boden versinken! Das ist alles so peinlich! Ich hätte nie gedacht ...

Ihre Gedanken verwaberten und sie blickte mich fest an. „Also gut. Es ist nun mal, wie es ist."

„Wie meinen Sie das?"

Ihr Mund war nur noch ein Strich, als sie fortfuhr: „Du hast Recht, Mädchen. Was ich getan habe, ist nicht in Ordnung. Am besten gehen wir zusammen zu Herrn Höflich. Dann werde ich gefeuert, sie stellen jemand anderes ein und alles hat wieder seine Richtigkeit."

Ich guckte die Tiedje prüfend an. Noch war ich mir nicht hundertprozentig sicher, ob es nicht vielleicht nur ein ganz besonders fieser Trick von ihr war.

„Das ist mein voller Ernst", erklärte sie, als hätte sie jetzt meine Gedanken angezapft. Sie grub in ihrer Hosentasche und fischte einen 50-Euro-Schein raus. „Und den lege ich in die Kasse. Als Wiedergutmachung."

Die Kleine ist meine Zeugin ...

„Und du bist meine Zeugin", sagte sie laut.

Sie band sich die Schürze ab, aber statt zur Tür zu gehen, schlug sie plötzlich die Hände vors Gesicht und schluchzte auf. „Ich bin erledigt! Ich werde nie wieder eine Arbeit bekommen! Und dann kann ich meine Miete nicht mehr zahlen! Und lande auf der Straße!“

Der Putzi schaute zur Tür herein.

„Soll ich weiter das Essen austeilen und kassieren?“, wollte er wissen. „Da draußen ist eine Riesenschlange!“

„Ja, machen Sie das“, sagte sie mit brüchiger Stimme und wischte sich die Tränen weg. „Danke!“

Der Putzi verschwand achselzuckend und ich reichte Frau Tiedje ein Papiertaschentuch.

Ich … ich … wieso hab ich das nur getan?!

Irgendwie tat die Tiedje mir auf einmal ziemlich leid. Natürlich wollte ich nicht schuld daran sein, dass sie auf der Straße landete. Sie schlich schon mit hängendem Kopf zur Tür, da hatte ich den Blitzeinfall.

„Warten Sie! Ich hab eine Idee!“

Frau Tiedje blieb stehen und drehte sich um.

„Sie wechseln den 50-Euro-Schein bei der Bank in lauter Cent-Stücke. Und dann geben Sie den Schülern immer ein paar Cent zu viel raus.“

Frau Tiedje pumpte die Backen auf und ließ die Luft zischend wieder raus. „Also, ich weiß ja nicht …“

„Aber ich weiß! Dann müssen wir auch nicht zu Herrn Höflich gehen."
Ein zartes Lächeln glitt über Frau Tiedjes Gesicht, dann nickte sie. „Und du verpetzt mich auch nicht?"
Ich schüttelte den Kopf. „Aber Sie müssen ab sofort ehrlich sein und alles wiedergutmachen."
„Das werde ich tun. Ganz bestimmt."
Bevor ich es verhindern konnte, sprang sie auf mich zu und drückte mich an sich.
Ob das Mädchen ein Engel ist, der vom Himmel geschickt wurde, um mich auf den rechten Weg zu bringen?
Ups. Hatte sie das eben wirklich gedacht? Wie ulkig! Ich machte mich los und erklärte: „Frau Tiedje, ich muss Ihnen was sagen."
„Ja?" Ihre Stimme bebte.
Hilfe, was kommt denn jetzt noch?
„Mich haben die Engel geschickt." Ich wedelte mit den Armen, als wären es Flügel. Die Kantinenchefin wurde blass und wich zurück.
„Ich sollte Sie nämlich auf den richtigen Weg bringen", fuhr ich fort.
„Engel ... Himmel ... richtiger Weg ... schon klar", stotterte sie.

„Und den Putzi … äh, die Reinigungskraft sollen Sie auch immer nett behandeln“, kam ich zum Ende.
Frau Tiedje nickte eifrig, versprach es und ich rannte zurück zu Emma in die Cafeteria. Meine Mission war erfüllt. Ich winkte dem Putzi zu, der stolz das Essen austeilte, dann machte ich mich halb verhungert über das kalte Curryhuhn her.
Natürlich erzählte ich Emma alles. Jedes Wort, das ich mit Frau Tiedje gewechselt hatte. Emma fand, dass das ganz schön mutig von mir gewesen sei, sie einfach so zur Rede zu stellen. Und als ich zu Engeln und dem Jenseits kam, fing sie so sehr an zu wiehern, dass ihre Zahnspange schmatzende Geräusche machte.
„Wie spacisch, Fritschi! Frau Tiedsche wird garantiert nie wieder klauen! Wie gut, dasch du Gedanken …“ Murat schlich gerade vorbei und ich trat ihr auf den Fuß.
Gedanken leschen kannscht, wehte mich der Rest des Satzes an.
Ich nickte. Und tippte verstohlen auf meinen WGDRDW-Button. Denn viel wichtiger als das Gedankenlesen war, dass mir meine beste Freundin immer zur Seite stand.

Eine nasse Helmfrisur mit Folgen

Am nächsten Tag war mein gelbes Rad wieder da. Es leuchte mir schon von weitem entgegen, als Emma und ich die Auffahrt zur Schule hochliefen. Jonas hatte es nicht bei den Fahrradständern abgestellt, sondern gegen einen Laternenpfahl gelehnt. Auf dem Sattel lag eine Packung Kaugummi.

Im ersten Moment freute ich mich wie Moppel, wenn ich ihr eine XXL-Packung Katzenkekse mitbringe. Im zweiten Moment taten mir Emma und all die anderen in unserer Klasse leid, die ihre Sachen noch nicht zurückbekommen hatten.

Ich begrüßte mein Rad, indem ich den Lenker und die etwas verrostete Klingel zärtlich streichelte, dann schob ich es langsam zu den überdachten Fahrradständern.

„Ich kann nicht beweisen, dass es Jonas war."

„Schnapp ihn dir und stell ihn zur Rede. So wie du das bei Frau Tiedje gemacht hast“, sagte Emma.
„Frau Tiedje hatte aber das geklaute Geld in der Kittelschürze. Jonas wird mir bloß einen Vogel zeigen und abzischen.“
„Dann müssen wir uns die Beweise eben besorgen!“
„Und wie? Willst du etwa bei Jonas in der Garage einbrechen? Oder sein Zimmer durchsuchen?“
Emma legte ihre Stirn in Falten. „Warum nicht?“
„Weil ... weil ...“ Irgendwie wollte mir keine Begründung einfallen.
Hat sie vielleicht Angst?, dachte Emma.
„Ja, hab ich“, gestand ich. Die Sache mit der Tiedje hatte mich schon genug Mut gekostet.
„Das macht doch nichts, Fritzi. Man muss nicht immer total mutig sein. Und wegen der Herzenuhr mach dir keine Sorgen. Die kriege ich schon zurück.“
Erleichtert lehnte ich mich gegen Emma. Ich wollte auch nur ein ganz normales Mädchen sein. Eins, das mit der besten Freundin Quatsch machte, mit Moppel spielte und keine nervenaufreibenden Mutproben zu bestehen hatte.

Zwei Tage verstrichen. Zwei endlos lange Tage, in denen Lucija wieder in der Schule auftauchte und zum x-ten Mal ein paar Kleinigkeiten wegkamen. Henriettes Lineal, Lenis Tempos, Pepes Radiergummi. Seit ich mitgekriegt hatte, dass Pepe mich für das tollste Mädchen im Universum hielt, ging ich lieber auf Abstand zu ihm. Damit er sich gar nicht erst traute, mich zu seinem Geburtstag einzuladen.

Am dritten Tag hatten wir Schwimmen. Mein Hass-Fach! Ich konnte es nicht ausstehen, eine Bahn nach der anderen abzureißen und mich von der Kralle-Kahn in ihrem rosafarbenen Badeanzug anmeckern zu lassen, weil ich angeblich nicht richtig Luft holte. Außerdem war es immer so schrecklich nass im Wasser!

Noch übler fand ich das Weittauchen. Ich hatte jedes Mal eine mörderische Angst, aus Versehen unter Wasser Luft zu holen und abzusaufen. Und nur mit ganz viel Glück würde mich ein weibliches Wesen mit Hornbrille und in einem rosafarbenen Badeanzug retten.

Frau Kralle-Kahn gab mir das Zeichen zum Start und ich legte einen astreinen Kopfsprung hin. Wasser stieg mir in die Nase, aber ich redete mir gut zu, dass mir das gar nichts ausmachte. Ich schwamm drauflos, Millisekunde für Millisekunde einem neuen Weltrekord entgegen.

Nach ein paar Metern kam mir Jonas, die Augen fest zusammengepresst, entgegengepaddelt. Ausgerechnet! Bevor ich überlegen konnte, was ich tun sollte, rumsten wir schon zusammen. Keine Sekunde später tauchten wir japsend auf.
„Kannst du nicht aufpassen?“, motzte er.
„Mach du lieber mal deine Augen auf“, blaffte ich zurück und rettete mich an den Beckenrand, wo ich schon von der meckernden Kralle-Kahn erwartet wurde. Dabei war ja wohl eindeutig Jonas an dem Zusammenprall schuld!
Die zweite dumme Sache passierte am Ende der Stunde, als ich aus dem Becken kletterte. Meine Badelatschen waren weg! Wie vom Erdboden verschluckt. Ich sah überall nach und scannte schließlich die Halle, aber Jonas hatte sich schon vom Acker gemacht.
In Windeseile zog ich mich um und bezog im Vorraum Stellung. Emma, die noch Englisch lernen wollte, ging schon mal vor in die Klasse.
Eine gefühlte Ewigkeit später kam Jonas endlich angetrödelt, die Haare zur perfekten Helmfrisur geföhnt. Ich hätte es mir denken können! Er setzte nicht einen Schritt in die Klasse, bevor nicht jedes einzelne Haar an seinem Platz saß.
„’tschuldigung, darf ich mal in deine Sporttasche gucken?“, bat ich und lächelte süß.

Jonas stutzte, dann hoben sich seine Mundwinkel und er sagte nett wie immer: „Tut mir übrigens leid wegen vorhin. Ich mag nur unter Wasser nicht die Augen aufmachen."

Weichei, dachte ich, nickte ihm aber freundlich zu.

„Kann ich trotzdem mal in deine Tasche gucken?"

„Wieso?"

Häh? Spinnt die jetzt?

„Ich glaub, du hast ... äh ... aus Versehen oder ... äh ... absichtlich meine Badelatschen eingesteckt."

„Garantiert nicht."

Schnepfe!

Es reichte! Jetzt war er fällig!

Ich holte tief Luft und erklärte: „Dafür hast du aber mein gelbes Rad geklaut. Und auch die anderen Sachen. Und frag jetzt bitte nicht, woher ich das weiß. Ich weiß es eben."

Jonas guckte wie ein toter Fisch in den Auslagen eines Fischgeschäfts, dann lachte er glucksend los. „Ich soll der Dieb sein? Du hast ja einen an der Waffel!"

Das kann sie gar nicht wissen! Niemand hat mich dabei gesehen! Ich hab immer total aufgepasst.

„Sorry, aber ich hab gesehen, wie du das Rad zurückgestellt hast", log ich.

Seine Lache schepperte. „Kann nicht sein."

„Dann hast du wohl einen Doppelgänger“, erklärte ich, ohne die Miene zu verziehen.

Jonas tippte sich an die Stirn. „Ich tippe eher auf Lucija mit blonder Perücke. Ist ihre Mutter nicht Frisörin?“

Hah! Genialer Einfall! Wenn sie mir das nicht abkauft …

Wahrscheinlich guckte ich jetzt ebenfalls wie ein toter Fisch im Fischladen, als ich sagte: „Du kannst es ruhig zugeben, Jonas. Ich weiß sowieso Bescheid.“

Nichts weiß sie. Absolut gar nichts!

Die Durchgangstür flog auf und Henriette kam herein, Lucija hinter sich herschleifend. „Wisst ihr schon das Neueste?“, rief sie.

„Nee, woher denn?“, fragte Jonas. Aus dem Augenwinkel sah ich, dass er grinste.

Klar weiß ich schon das Neueste.

„Lucija, willst du es ihnen selbst sagen?“, meinte Henriette.

„Ich war es nicht. Ich war es wirklich nicht!“ Lucijas Stirn wurde knautschig, dann füllten sich ihre Augen mit Tränen.

„Ihre Sporttasche ist runtergefallen“, erklärte Henriette. „Und ratet mal, was drin war.“

„Keine Ahnung“, sagte Jonas.

Gröl! Totlach!

Ich zuckte mit den Achseln.

„Guck mal, Fritzi.“ Henriette nahm erst meine Badelatschen aus ihrer Tasche, dann eine Uhr. Es war Emmas Herzenuhr! Das Zifferblatt zierte jetzt allerdings ein Aufkleber mit einem Gammelgebiss drauf.
„Da wird sich Emma aber freuen“, sagte ich und rückte wieder enger an Jonas heran.
Tja, das war mal eine Hammeridee!, wehte es mich an.
„Damit ist ja wohl klar, dass sie die Diebin ist“, erklärte Henriette und hielt Lucija wie eine Schwerverbrecherin am Handgelenk fest. Arme Lucija! Sie war kurz vorm Heulen.
„Lass sie los“, sagte ich.
„Aber …“
„Lass sie bitte los!“
Henriette lockerte ihren Griff, aber Lucija brach trotzdem in Tränen aus. Sie tat mir so schrecklich leid! Jonas hatte ihr die geklauten Sachen untergejubelt und ich konnte im Moment nichts tun, um es zu beweisen. Ich brauchte Zeit zum Überlegen.
„Ich gehe jetzt mit ihr zu Herrn Matschke“, erklärte Henriette. „Fritzi, gibst du Emma bitte die Uhr und entschuldigst uns bei Mr Greenbottle?“
Hilfe!, wehte es mich von Lucija an. *Der ruft bestimmt die Polizei!*

Gute Idee!, dachte Jonas.

„Und wenn sie es gar nicht war?“, sagte ich. „Wenn ihr der echte Dieb die Sachen nur in den Rucksack gesteckt hat?“

„Natürlich war sie es!“, empörte sich Jonas. „Wer ist denn sonst so bescheuert und tut so was?“

„Du zum Beispiel?“ Ich blitzte Jonas böse an.

„Sehr witzig!“

Mist! Weiß Fritzi wirklich was? Aber woher?

Ich nahm die Uhr an mich und plinkerte Lucija zu. *Alles wird gut*, wollte ich ihr damit sagen, doch ich war mir nicht sicher, ob sie mich verstanden hatte.

Dann ließ ich die drei stehen. Ich hatte es ziemlich eilig, zu Emma zu kommen.

Gespannt, was gleich passieren würde, stürmte ich in die Klasse und legte die Uhr auf ihr Heft. Den Gammelgebiss-Aufkleber hatte ich unterwegs schon abgepult.

Emma starrte mich an.

„Was ... was ist das?“, stotterte sie.

„Wonach sieht's denn aus?“

„Nach ... äh ... nee, das glaub ich jetzt nicht.“

Ist sie das? Ist sie das? Ist sie das wirklich?

„Ja, Emma, das ist sie wirklich.“

Ich erzählte ihr von dem Vorfall mit Jonas, Henriette und

Lucija, aber sie guckte glasig durch mich hindurch, dann starrte sie genauso glasig ihre Uhr an. *Du … du … du bist wieder da, allerliebste Uhr … ich hab dich so vermisst!*

Im nächsten Moment sprang Emma vom Stuhl auf, umarmte erst mich, dann Lisa (die gar nicht wusste, wie ihr geschah), dann tobte sie johlend durch die Klasse.

Wie hundsgemein sie Jonas fand, sagte sie mir erst später. Da saßen wir schon im Bus. Wir waren uns einig, dass etwa geschehen musste. Und zwar so schnell wie möglich. Nur was? Wir überlegten eine Weile – keiner von uns wollte etwas Schlaues einfallen –, dann schmatzte Emma plötzlich aufgeregt mit ihrer Zahnspange.

„Du muscht Jonasch deine Kopfhörer schmackhaft machen!"

„Häh, wie?"

„Du muscht scho von ihnen schwärmen, dasch er schie unbedingt klauen will! Und dann ertappen wir ihn auf frischer Tat." Sie grinste mich in diebischer Vorfreude an.

Die Idee war nicht schlecht. Sie war sogar richtig gut!

Es gab nur einen Haken: Wie sollte ich es einfädeln? Und würde Jonas auch tatsächlich anbeißen?

Die nächsten beiden Tage blieb Lucijas Platz leer. Alle zerrissen sich das Maul über sie, aber keiner wusste etwas Genaues. Ob sie krank war? Verreist? Ausgewandert? Henriette hatte Lucija zwar zu Herrn Matschke gebracht, war dann aber mit der Bitte, sich in Zukunft rauszuhalten, rausgeschickt worden. Ende der Durchsage. Und auch im Unterricht verlor unser Klassenlehrer kein Wort über Lucija.

Als sie auch am dritten Tag noch nicht wieder aufgetaucht war, googelten Emma und ich ihre Adresse. Dann schnappten wir uns Anton, und unter dem Vorwand, mit ihm Gassi gehen zu wollen, stapften wir los. Wir spazierten kreuz und quer durch die Stadt, verliefen uns ein paar Mal, was aber nichts machte, weil Anton ja gerne jeden Pflasterstein beschnupperte.

Eine knappe Stunde später waren wir endlich da.

„Hier wohnt sie also." Emmas Blick glitt an dem hübschen rosa angestrichenen Altbau mit den verschnörkelten Balkongeländern rauf und runter. „Ich hätte ja eher gedacht ..."

... dass sie in einem schmuddeligen Wohnblock haust.

„Ich auch", sagte ich und schämte mich. Es ist wirklich blöd, Vorurteile zu haben. Ich nahm mir vor, in Zukunft mal eine Sekunde nachzudenken, bevor ich jemanden in eine Schublade steckte.

Wir klingelten, aber niemand machte auf. Wir klingelten ein zweites Mal, dann ein drittes Mal und schließlich Sturm.
Endlich ging das Fenster über unseren Köpfen auf und lange Haare fluteten über den Sims. War das Lucijas Mutter? Die Frau hatte die gleichen dunklen Tausend-und-eine-Nacht-Augen und genauso blitzend weiße Zähne.
„Zu wem wollt ihr?"
„Zu Lucija!", rief ich. „Wir sind Klassenkameradinnen und müssen mit ihr reden."
Die Frau schüttelte bedauernd den Kopf. „Lucija ist krank."
„Unser Klassenlehrer hat aber gemeint, dass wir ihr die Hausaufgaben vorbeibringen sollen", brüllte ich.
Die Notlüge zog. Lucijas Mutter nickte, schloss das Fenster und kurz darauf ging der Summer.
Wir banden Anton im Treppenhaus fest, dann stiefelten wir in den ersten Stock. Lucijas Mutter wartete schon auf uns.
„Aber bleibt nicht zu lange. Meine Tochter hat immer noch Fieber."
„Wir beeilen uns", versprach ich.
In Lucijas Zimmer sah ich erst mal nur ein riesiges weißes Himmelbett mit vielen geblümten Kissen. Unter einem aufgeplusterten Federbett schaute nur ein nackter Fuß hervor.

Emma stieß mich an. „Sie schläft. Wir können sie doch nicht einfach wecken."
„Lucija?", flüsterte ich.
Die Decke bewegte sich, im nächsten Moment tauchte eine Stupsnase auf, dann fuhr Lucija erschrocken hoch.
Sie sah gruselig aus. Ihre Prinzessinnenhaare waren zottelig und sie hatte kaninchenrote Augen. So als hätte sie drei Tage durchgeheult.
„Was macht ihr denn hier?" Sie schnappte sich ein Kissen und hielt es schützend vor ihre Brust.
„Äh, dich besuchen", sagte Emma, als würden wir jeden zweiten Tag aufkreuzen.
„Wir müssen dringend mit dir reden", ergänzte ich.
„Wieso, ist wieder was geklaut worden und ich bin schuld?", krächzte Lucija. „Obwohl ich ja hier liege und gar nicht rauskann?" Sie schnappte sich ein Taschentuch und schnaubte trompetend hinein.
„Es ist nichts mehr weggekommen, aber auch nichts wieder aufgetaucht", sagte ich.
„Klar!" Lucija lachte ein ziemlich trauriges Lachen. „Noch ein Beweis, dass ich es war."
Es stimmte. Die Leutchen in unserer Klasse dachten so.
„Aber es ist auch egal." Lucija kickte einen Plüschpinguin aus

ihrem Himmelbett. „Ich komme sowieso nicht wieder in die Schule.“

Emma und ich blickten uns erschrocken an. Das meinte sie ja wohl nicht ernst! Aber Lucija zog sich die Bettdecke über den Kopf und ging wieder auf Tauchstation.

„Lucija“, sagte ich und zupfte an ihrer Decke. „Wir wissen, wer es war. Du jedenfalls nicht. Das ist hundertprozentig sicher.“

Ihr Kopf tauchte wieder auf. „Echt?“

Wir nickten.

„Und das ist jetzt kein Scherz?“

„Nein!“, rief ich aus und Emma schüttelte den Kopf.

„Der Dieb hat auch meine Uhr in deinen Rucksack gesteckt“, ergänzte sie. „Das war so gemein!“

Lucija riss die Augen auf.

„Nun sagt schon!“, bettelte sie.

„Jonas. Jonas ist der Dieb“, verkündete ich.

Lucija sah mich regungslos an, dann sank sie in die Kissen zurück und starrte ins Nichts.

Eigentlich hätte ich erwartet, dass sie total ausflippen würde, aber sie nickte bloß. „Jonas. Alles klar. Das hab ich mir fast schon gedacht.“

„Häh?“, machte Emma.

Mir fiel gar kein Text ein. Nicht mal ein läppisches *Häh.*
„Es wundert mich gar nicht. Erinnert ihr euch noch an den Tag, als Lisas Sachen weggekommen sind?“
„Logisch“, sagte ich.
Keiner von uns würde den Tag so schnell vergessen.
„Alle standen um Lisa rum. Nur Jonas nicht. Er hat in Zeitlupe die Tafel abgewischt.“
„Vielleicht hatte er Tafeldienst?“, gab ich zu bedenken.
Lucija schüttelte den Kopf. „Ich war an der Reihe. Wer wischt denn freiwillig die Tafel ab? Deswegen bin ich ja auch zu Jonas rübergangen. Und mir ist aufgefallen, dass er die ganze Zeit so blöd gegrinst hat.“
„Du meinst, irgendwie verdächtig?“, fragte ich.
Lucija zuckte mit den Achseln.
„Vielleicht hat er sich auch insgeheim schlapp gelacht, weil sich alle so aufgeregt haben“, meinte Emma. „Und weil keiner gemerkt hat, dass er es war.“
Die Tür ging auf und Lucijas Mutter schaute herein.
„Alles in Ordnung bei euch?“
„Ja, Mama.“
Die beiden wechselten ein paar Sätze auf Kroatisch. Lucijas Mutter zog wieder ab, kam aber kurz darauf mit einem Tablett mit Saft und Keksen wieder herein. Sie lächelte.

„Eine kleine Stärkung."
Kaum war die Tür wieder zu, wollte Lucija wissen, wie Jonas aufgeflogen sei. Ob wir ihn etwa beim Stehlen erwischt hätten.
„Nein … also nicht direkt", eierte ich herum.
Du darfst es ihr nicht sagen!, wehte es mich von Emma an.
Ich warf ihr einen knappen Blick zu und schüttelte den Kopf. Dann wandte ich mich wieder Lucija zu.
„Ich weiß es eben. Frag bitte nicht weiter nach, okay?"
„Und warum nicht?"
„Weil es nicht geht! Du musst uns vertrauen."
Emma räusperte sich und erklärte: „Fritzi hat ein Schweigegelübde abgelegt."
Ich starrte Emma ungläubig an. Wie konnte sie nur so etwas Bescheuertes sagen?
Aber Lucija schluckte die Kröte und murmelte nur: „Ach so." Als wäre es das Normalste von der Welt.
„Wir haben auch schon eine Idee, wie wir Jonas in die Falle locken können", sagte ich und nahm mir einen Keks.
„Erzähl!"
„Ich mache ihm meine Kopfhörer so lange schmackhaft, bis er sie klauen will", erklärte ich kauend. „Und dabei erwische ich ihn dann."
Der Anflug eines Lächelns glitt über Lucijas Gesicht. „Und

wenn er nicht einfach so auf Knopfdruck klaut? Und du ihn auch nicht dabei erwischst?"

„So darfst du nicht denken. Wir müssen es wenigstens versuchen!" Emma und ich tauschten einen Blick aus, dann guckte ich wieder Lucija an. „Wir wollen nämlich, dass du in die Schule zurückkommst."

„Und zwar nicht in irgendeine, sondern in unsere", ergänzte Emma.

Ich spürte plötzlich einen Kloß im Hals.

Lucija schwieg. Und streichelte die Blümchen auf ihren Kissen. Gefühlte Stunden später sagte sie: „Ihr seid echt nett, wisst ihr das?"

„Wir wollen ja nur, dass die Wahrheit ans Licht kommt."

„Ohne euch ... ohne euch", stotterte Lucija.

Ohne die beiden könnte ich einpacken. Sie sind echt tolle Freundinnen!

Ich lächelte nur, nahm mir noch einen Keks und hoffte ganz stark, dass der Plan aufgehen würde.

Eine Aktion mit Folgen

Seit ein paar Minuten standen Emma und ich auf dem Schulhof und kabbelten uns wegen meiner Kopfhörer. Natürlich taten wir nur so. Wir hofften, dass Jonas langsam mal auf uns aufmerksam werden würde, aber er mampfte ungerührt sein Brot und blätterte in einem Comic.

„Lass los!", quiekte Emma und griff mir in die Haare.

„Gib sie mir doch mal!" Emmas Stimme hatte einen fiesen Sirenenton.

Jonas blickte endlich auf und guckte zu uns rüber. Für uns das Zeichen, noch ein bisschen mehr Gas zu geben.

„Kauf dir doch selbst welche!", schrie ich.

„Ich will sie ja nur mal aufsetzen!"

„Aber das sind meine!"

„Ich dachte, du wärst meine beste Freundin!"

„Dann bin ich es eben nicht mehr!"

Ich warf einen unauffälligen Blick über meine Schulter und sah, dass Jonas grinste. Zu gerne hätte ich in diesem Moment seine Gedanken angezapft. Ich zwinkerte Emma zu, dann stieß ich sie von mir und dampfte ab. TOTAL SAUER. So sollte es jedenfalls für Jonas aussehen. Ich steuerte auf ihn zu, tat aber, als würde ich ihn nicht sehen.

Hab Hunger, waberte es mich an, als ich an ihm vorbeiging.

Einen knappen Meter weiter hockte ich mich hin und tastete den Boden ab.

„Was suchst du denn?", wollte Jonas wissen.

„Mein Zopfgummi."

Hah! Hatte er vielleicht schon angebissen?

„Emma ist so eine blöde Kuh!", schimpfte ich.

Jonas bückte sich, hob das Zopfgummi auf und reichte es mir.

„Danke, Jonas."

Komisch ... Jetzt ist sie wieder so nett zu mir? Ist die noch ganz normal?

„Tut mir übrigens leid, dass ich dich verdächtigt habe. Es war doch Lucija."

Häh?

„Sie hat gestanden. Emma und ich waren bei ihr. Sie hat mir sogar ihre Perücke gezeigt.“

„Was für eine Perücke?“

„Die, die sie aufgesetzt hat, als sie mein Rad zurückgestellt hat!“

Kann doch nicht sein. Ich war das. Sind hier jetzt alle verrückt geworden?

„Echt?“

Ich nickte. „Sie wollte die Sachen im Internet verkaufen. Weil sie ganz dringend Geld braucht. Wahrscheinlich hätte sie sich auch noch meine Kopfhörer unter den Nagel gerissen, wenn wir sie nicht geschnappt hätten.“

Jonas guckte mich verdattert an.

Keine Ahnung, was die da redet. Aber ihre Kopfhörer sind wirklich cool.

„Und ohne die Kopfhörer wäre ich total aufgeschmissen. Da würde ich mich fühlen wie eine ... äh ... Qualle auf dem Trockenen.“

Ich lächelte Jonas unschuldig an.

Ich könnte sie mir schnappen. Einfach, um Fritzis blödes Gesicht zu sehen. Und um ihr eins auszuwischen.

Yes! Fast hätte ich ein Triumphgeheul ausgestoßen, aber ich konnte mich gerade noch bremsen.

Ich muss nur noch den richtigen Moment abpassen.
„Also dann, bis später“, sagte ich und trat, happy wie Moppel im Katzenkeksrausch, den Rückzug an.

Die nächsten beiden Unterrichtsstunden taten Emma und ich, als wären wir immer noch total sauer aufeinander. Das war wichtig, damit Jonas keinen Verdacht schöpfte. Es ist nicht so einfach, mit der allerbesten Freundin verkracht zu tun. Aber wir machten unsere Sache ziemlich gut.
Kaum klingelte es zur großen Pause, startete Teil zwei unseres Plans. Die Kabbelei auf dem Schulhof war nur die Vorbereitung gewesen.
Während die Schüler aus der Klasse strömten, sprach Emma Jonas auf eine Matheaufgabe an, die sie angeblich nicht verstanden hatte. Ich legte meine Kopfhörer auf meinen Tisch, dann tat ich, als müsse ich ganz dringend aufs Klo. Tatsächlich blieb ich jedoch hinter der Tür stehen und wartete, bis alle draußen waren. Fast alle. Lisa ordnete immer noch ihre Bücher und Hefte. Wenn sie gleich rauskam, war es so weit! Dann würde ich zurück in die Klasse huschen und

in den Wandschrank schlüpfen, hoffentlich unbemerkt von Jonas.

„Hast du ein Brot für mich? Ich hab so Hunger!"

Wie so häufig tauchte Leni immer dann auf, wenn man sie überhaupt nicht gebrauchen konnte.

„Nein." *Hau ab, hau ab!*

„Eine Banane?"

Sie hat immer was zu essen mit! Ich weiß das.

„Nein, auch keine Banane!"

„Einen Apfel?"

Wahrscheinlich hat sie Kuchen und will nur nicht damit rausrücken.

„Mann, Leni, du nervst!" Ich kramte in meiner Hosentasche und reichte ihr einen Euro. „Kauf dir was bei Frau Tiedje, okay? Und tschüss! Ich muss mal kurz für mich sein."

Die ist ja komisch drauf heute ... Hat sie was vor?

„Wieso denn?", fragte Leni laut.

„Weil ... weil ... weil ... ich muss pupsen", log ich.

Leni musterte mich misstrauisch, nahm aber das Geld und trottete los. Zum Glück. Gerade huschte nämlich Lisa als Letzte aus dem Klassenzimmer. Ich spähte durch die Tür. Jonas und Emma standen über unseren Tisch gebeugt da und Jonas malte mit dem Zirkel etwas auf einen Zettel.

Eine günstigere Gelegenheit würde es nicht geben. Auf samtweichen Moppelpfoten schlüpfte ich in die Klasse.

„Nein, du musst den Kreis hier schlagen“, hörte ich Jonas sagen, dann war ich schon in den Schrank geschlüpft. Zum Glück hatte die Tür nicht geknarrt. Aber ich musste mich total zusammenfalten, um überhaupt hineinzupassen.

„Ich glaub, ich hab's jetzt kapiert“, flötete Emma. „Danke, Jonas. Echt nett von dir!“

Ich wartete noch einen Moment ab, dann öffnete ich die Schranktür einen Spaltbreit und lugte hinaus. Zu dumm, dass ich Jonas nicht sehen konnte. Ich hörte, wie ein Stuhl gerückt wurde, dann polterte etwas zu Boden. Ich verwettete mein Lederarmband darauf, dass er gerade dabei war, sich meine Kopfhörer zu schnappen. Mit meinem Fotohandy im Anschlag tippte ich nur ganz leicht gegen die Schranktür, so dass sie sich noch ein paar Zentimeter öffnete.

Wieder rumste etwas und ein Klettverschluss schmatzte. Ich hielt den Atem an. Jetzt oder nie! Ich stieß die Tür auf, verlor dabei aber das Gleichgewicht und purzelte aus dem Schrank. Rums, saß ich auf dem Hintern und mein Handy schlitterte quer über den Fußboden. Ich wollte danach greifen, aber Jonas war schneller und stellte seinen Fuß drauf.

„Mach ja mein Handy nicht kaputt!“, schrie ich.

„Mach mein Handy nicht kaputt!", äffte Jonas mich nach.
Ich rappelte mich hoch, wobei ich einen Blick auf den Tisch warf. Meine Kopfhörer waren noch genau da, wo ich sie hingelegt hatte.
„Das hast du dir ja fein ausgedacht."
Mich kriegst du nicht dran, Zicke!
„Was denn?"
„Hältst du mich eigentlich für komplett unterbelichtet?"
Jonas' Augenbrauen rutschten unter seinen Ritterhelm-Pony.
„Erst bist du supernett zu mir und erzählst mir, dass Lucija gestanden hat. Dann will Emma, mit der du ja immer unter einer Decke steckst, dass ich ihr Mathe erkläre. Und dann kommst du wieder rein und versteckst dich im Schrank. Hab ich übrigens mitgekriegt." Er deutete auf meine Kopfhörer.
„Und die da sollte ich klauen, stimmt's?"
„Äh, nein, das war nur ...", stotterte ich, wusste dann aber leider nicht weiter.
„Das war nur ... was?", hakte Jonas nach.
Ich beugte mich so weit vor, dass ich mit der Nasenspitze fast sein Shirt berührte.
Fritzi wird schon sehen, was sie davon hat. Der kann ich noch ganz andere Sachen klauen. Zum Beispiel ihr Geld – und das kriegt sie dann garantiert nicht wieder.

„Emma hat Mathe wirklich nicht verstanden", startete ich einen Rettungsversuch.
„Und du wolltest im Schrank mal den Holzwürmern Guten Tag sagen. Schon klar, Fritzi." Kopfschüttelnd ging er zur Tür. „Hör auf, mir nachzuspionieren, ja? Sonst kannst du was erleben."
„Äh … ja … okay", sagte ich und wollte am liebsten im Erdboden versinken. So ein Mist! Mein Plan war komplett nach hinten losgegangen. Und das war ziemlich unspacig.

Der Umzug

Am Samstag darauf fand Klaras Umzug statt.
Papa hatte das Café seiner Angestellten Susanne überlassen und Onkel Klaus dazu verdonnert, beim Tragen zu helfen. Eigentlich sollten auch Tante Bine und Leni dazukommen, aber Tante Bine musste im Supermarkt arbeiten und Leni hatte sich unter einem Vorwand gedrückt. Was mir natürlich nur ganz recht war. Außerdem hatten Felix und Klara ein paar kräftige Jungs vom Film bestellt, die sowieso viel besser mit anpacken konnten.
Mama holte vorgekochtes Chili con Carne aus dem Kühlschrank, Moppel wurde zur Sicherheit in mein Zimmer gesperrt und dann ging es auch schon los. Felix' Kollegen schleppten Klaras Möbel und die übervollen Umzugskartons raus. Mama, Klara und ich halfen bei den leichten Sachen,

die nicht verpackt waren: Bilder, Lampen, Zimmerpflanzen, Krimskrams.

Es dauerte nicht mal eine Stunde und Klaras Zimmer war leer geräumt. Wie traurig das aussah! In den Ecken wehten Wollmäuse hin und her und mitten auf dem Teppich lag Klaras Teddybär. Ich nahm ihn hoch, und als er mich so herzzerreißend ansah, musste ich ein bisschen schniefen.

Grund dafür waren gleich drei Dinge:

1. Meine Klassenkameraden hielten Lucija immer noch für die Diebin.
2. Jonas war misstrauisch geworden und ich hatte mich bei ihm total lächerlich gemacht.
3. Und dann ließ mich auch noch meine Schwester im Stich.

Fröhliches Gelächter drang von nebenan – sie aßen gerade alle das Chili, bevor sie in die neue Wohnung rüberfuhren –, aber ich hatte keine Lust, in die Küche zu gehen.

„Ach, hier bist du!" Klara steckte ihren Kopf in ihr ehemaliges Zimmer. „Oh, mein Teddy! Den hätte ich ja fast vergessen."

Klara nahm ihn mir aus der Hand und pustete den Staub weg. Dann schaute sie mich prüfend an. „Fritzi, du weinst doch nicht etwa?"

Das hätte sie besser nicht gesagt, denn wie aufs Stichwort kullerten die Tränen.

„He! Komm mal her.“ Meine Schwester zog mich an sich. „Ich bin nicht aus der Welt, okay?“

„Du bist nicht aus der Welt“, wiederholte ich wie ein Roboter.

„Ich wohne quasi um die Ecke.“

„Du wohnst quasi um die Ecke.“

Klara zog lachend an meinen Zöpfen. „Und du kannst mir auch jederzeit simsen, mich anrufen oder mit mir skypen.“

Was soll ich denn nur tun, um sie aufzuheitern? Ich mag nicht, wenn Fritzi traurig ist. Dann bin ich auch traurig!

Ich riss mich am Riemen und versuchte zu lächeln.

„Du, Klara?“

„Ja?“

„Ich muss dir was sagen. Also, vielleicht sollte ich dir auch nicht sagen, dass ich ...“ *Gedanken lesen kann,* schwirrte es durch meinen Kopf.

Mist. Was will sie denn jetzt? Wir haben nicht ewig Zeit. Um drei müssen wir den Wagen wieder abgeben.

„Was denn, Fritzi?“

„Äh, egal“, ruderte ich zurück.

„Wir reden ein anderes Mal in Ruhe drüber, okay?“

Ich nickte.

Klara legte mir den Arm um die Schulter. „Na, komm, wir essen jetzt was. Mama hat so lecker gekocht.“

Ich putzte mir die Nase, dann klopfte ich die Staubflusen von meinen Jeans.

„Du bist ein ganz schönes Dreckschwein, weißt du das?", sagte ich und musste kichern.

„Ja, weiß ich." Klara grinste. „Zur Strafe darfst du mal mit Emma kommen und dann übernachtet ihr beide bei uns."

„Yippie!", rief ich. Das würde ein aufregender Abend werden.

„Und deinen Freund darfst du auch mal mitbringen."

„Meinen Freund?", kreischte ich. „Ich hab keinen Freund!"

„Aber vielleicht wirst du irgendwann mal einen haben."

„Ja, in tausend Jahren vielleicht", brummte ich. Liebeskram – bäh!

Klara schlug mir den Teddy auf den Kopf. „Und du findest auch niemanden gut?"

„Doch, deinen Bären. Und natürlich Moppel." Mir fiel ein, dass es ja einen Jungen gab, der *mich* mochte, der mich sogar für das tollste Mädchen im Universum hielt, und ich musste wieder kichern.

Zum Glück fragte Klara nicht weiter nach und dann gingen wir zu den anderen in die Küche rüber.

Es wurde bereits dunkel, als wir alle Möbel und Umzugskisten in Klaras neues Zuhause geschleppt hatten. Ich war das erste Mal in der Wohnung und fand sie total spacig. Mama jammerte zwar die ganze Zeit, dass dringend renoviert werden müsste, der Putz würde ja schon von den Wänden bröckeln, aber ich mochte gerade das Abgeschrammelte: die himmelblauen Dielen, die hutzeligen Zimmer, die Wohnküche mit den alten Kacheln und den Minibalkon, der von Wein umrankt war. Ich stellte mir vor, wie Klara und ich hier im Sommer zwischen Blumentöpfen sitzen und Limo trinken würden. Das war ein so schöner Gedanke, dass ich gar nicht mehr so schrecklich traurig war.

Nachdem die Männer das Bett aufgebaut und Klara eine Lampe angebracht hatte (damit es später nicht so finster war), gingen wir zum Italiener um die Ecke. Wir waren alle total müde und geschafft.

Kaum saßen wir über den Speisekarten, schneiten Tante Bine und Leni herein.

„Hi! Huhu! Hoppla!“, quiekte Leni und quetschte sich gleich neben mich auf die Bank.

Schon ging das Gequassel los. Lauter Unsinn gab sie von sich, aber was sie gleichzeitig dachte, war noch viel schlimmer!

1. *Nagellack kaufen.*
2. *Oder doch nicht?*
3. *Vielleicht lieber Lipgloss?*
4. *Nudeln. Ich will Nudeln in Sahnesauce!*
5. *Oder lieber Pizza?*
6. *Was würde Pepe wohl bestellen?*
7. *Pepe! Pepe! Pepe! Der ist so süß!*
8. *Fritzi hat's gut. Die kann sich jetzt in zwei Zimmern gleichzeitig ausbreiten.*

Gerade hatte Leni Punkt acht gedacht, da fragte ich Papa: „Was passiert jetzt eigentlich mit Klaras Zimmer?"
Leni ließ ihre Gabel sinken und guckte mich verdattert an.
Wieso weiß sie immer, was ich denke? Ist ja gruselig!
„Darüber haben wir noch gar nicht gesprochen, Fritzi." Papas Blick ging zu Mama. „Möchtest du dort ein Büro einrichten?"
Mama schüttelte den Kopf. „Ich bin doch sowieso die meiste Zeit im Krankenhaus. Aber vielleicht will Friederike ja umziehen. Klaras Zimmer ist viel größer und heller."
„Ich heiße Fritzi!", beschwerte ich mich. Ich kann es nicht ausstehen, wenn Mama mich bei meinem richtigen Namen nennt. Erstens ist Friederike der peinlichste Name der Welt, zweitens klingt es immer so, als wäre ich gar nicht anwesend, und drittens passt er nicht zu mir.

Mama zwinkerte mir zu.
„Aus Fritzis Zimmer machen wir dann ein Gästezimmer."
Alle starrten mich an, aber mein Mund war wie zugetackert.
Warum sagt sie nicht Ja?, waberte es mich von Leni an. *Ich würde ja sofort tauschen!*
Das arme Kind ist total überfordert, wehte es von Papa zu mir rüber.
„Überleg's dir einfach", meinte Klara und schickte mir ein Luftküsschen über den Tisch hinweg. „Ich fände es schön, wenn du in mein Zimmer ziehst."
„Ich muss da nichts überlegen", entgegnete ich etwas pampig. „Ich bleibe in meinem Zimmer."
Dann beugte ich mich wieder über die Speisekarte und versuchte die Gedankenflut um mich herum auszublenden.
Seit ich auf der Welt bin, ist mein Zimmer mein Zimmer und ich kann mir nicht vorstellen, jemals irgendwo anders zu wohnen. Nicht heute, nicht morgen und auch nicht übermorgen.

Ein Rucksack, ein Laptop und ein großer Rums

Das Leben war trostlos.

Seit ein paar Tagen goss es in Strömen, ich vermisste Klara und Lucijas Platz in der Schule blieb weiterhin leer. Ob ihre Eltern sie vielleicht schon abgemeldet hatten? Das wäre das Allerschlimmste! Aber aus Herrn Matschke war nichts rauszukriegen und ich konnte auch keine Gedanken von ihm auffangen, die irgendwas erklärten. Nur die von meinen Mitschülern. Und die hielten Lucija immer noch für die Diebin.

Der einzige Lichtblick in meinem unspacigen Leben war die neue *Zehn-Finger-am-PC-Schreiben-AG*, für die Emma und ich uns schon vor einiger Zeit angemeldet hatten. Weil wir grottenlangsam tippten und uns ständig verschrieben.

Gleich nach Unterrichtsschluss trotteten wir in den Computerraum rüber. Seit ich das letzte Mal hier gewesen und Fastfood-

Krümel aus Pepes Tastatur gepult hatte, hatte sich ziemlich viel verändert. Die Wände waren frisch gestrichen und auf den Tischen standen funkelnagelneue Laptops. Schüler und Schülerinnen aus allen möglichen Klassenstufen drängelten sich in dem Raum, aber nur die, die sich rechtzeitig in die Liste eingeschrieben hatten, durften bleiben.

Lisa, Henriette, Emma und ich ergatterten Plätze in der zweiten Reihe. Vor uns saßen ein paar Jungs aus der Parallelklasse. Sie alberten blöde herum, drehten sich nach uns um und machten Faxen.

„Ja, wir stehen auch total auf euch", sagte ich.

Emma kicherte, dann kam zum Glück schon die Kursleiterin Frau Steppke rein. Frau Steppke unterrichtet an unserer Schule Bio und Politik, aber ich hatte sie noch nie im Unterricht gehabt.

Erst mal ging alles ganz puppeneinfach los. Wir stellten Namensschilder auf, Frau Steppke warf den Overhead-Projektor an und erklärte uns die Grundlagen. Wie weit man beim Schreiben mit der Nase vom Bildschirm entfernt sein muss. Wie man am besten sitzt. Und wie man die Hände hält, damit man die richtigen Buchstaben trifft.

Die Tür wurde aufgerissen und ein Nachzügler polterte herein.

„Äh, 'tschuldigung."

Ich drehte mich um: Jonas. Der hatte mir gerade noch gefehlt! In der Reihe hinter mir war der letzte freie Platz. Den steuerte er jetzt an, indem er seinen Haarvorhang zur Seite strich und mir blitzschnell die Zunge rausstreckte.
Blödmann!, dachte ich und nahm mir vor, mich bis Ende der Stunde nicht mehr nach ihm umzugucken.
Frau Steppke kniff nur leicht ärgerlich die Augen zusammen und legte eine Folie mit wirren Buchstabenkombinationen in den Overhead-Projektor, die wir üben sollten.
Fdfsfaf fdedcdf fdcdedff
Ich schaute mir kurz die Tastatur an, dann tippte ich blind drauflos. Das war richtig spacig! Trotz Gedankengewaber, das von links und von rechts kam, war ich bald schneller als Emma, Henriette und Lisa zusammen!
Ich hörte eine leise Stimme und blickte auf. Hatte Emma gerade etwas gesagt oder bloß gedacht? Ich guckte zu ihr rüber, aber sie tippte angestrengt und schmatzte nur ab und zu mit ihrer Zahnspange. Henriette kratzte sich am Knie, am Kopf, dann schrieb sie weiter. Wieder hörte ich die Stimme.
Verstohlen drehte ich mich um. Mein Blick fiel auf Jonas, der nicht tippte, sondern die Tastatur anlächelte. Der Sache musste ich auf den Grund gehen! Ich hielt mich an der Tischkante fest und kippelte mit dem Stuhl.

… su… su… Die Stimme verwaberte gleich wieder.
Wie blöd war das denn! Ich musste noch ein paar Zentimeter näher an ihn herankommen. Unauffällig schob ich meinen Stuhl zurück und fing wieder an zu kippeln.
… supercooles Teil … echt stark! … Papas Laptop ist dagegen voll das alte Ding … mein Rucksack ist doch groß genug … der passt da rein … aber die blöde Fritzi steckt immer ihre Nase in Sachen, die sie nichts angehen …
Ach du Schreck! Wollte Jonas etwa den Laptop mitgehen lassen?
Ich konzentrierte mich ganz stark, doch seine Gedanken wurden leiser, bis sie gar nicht mehr zu erlauschen waren.
Entweder hatte er aufgehört zu denken oder er war ein Stück weggerückt. Obwohl ich mich so schon kaum noch festhalten konnte, lehnte ich mich mutig nach hinten.
„Pass auf, dass du dich nicht gleich hinlegst!“, flüsterte Emma mir zu.
„Psst!“, machte ich und rollte mit den Augen. Das war die Steigerung von Wimperngeklimper und Emma wusste inzwischen, dass sie dann besser die Klappe hielt. Blöderweise fing sie aber auch an zu denken, woraufhin sich ihre Gedanken mit Jonas’ Gehirnsalat vermischten.
Grrr! Ich fletschte die Zähne.

Was denn?

„Hör auf zu denken!“, flüsterte ich ihr zu.

Sie sah mich verzweifelt an.

Wie soll denn das gehen?! Also gut, ich denke jetzt nichts mehr, denke jetzt nichts mehr, denke jetzt nichts mehr ...

Mir war schon klar, dass es nicht leicht war, *nicht* zu denken, aber ich konnte Emmas Gedankensalat im Moment wirklich nicht gebrauchen! Also versuchte ich mich ganz auf Jonas zu konzentrieren.

Am besten warte ich gar nicht erst, bis alle draußen sind, sondern ...

Sondern was? Wollte Jonas den Laptop sofort in seinen Rucksack wandern lassen? Immerhin stand er schon offen neben seinen Füßen.

Keiner wird was merken. Alle werden denken, Fritzi war's ... Hah! Den stopf ich nämlich in ein paar Wochen heimlich in ihren Rucksack.

Wie vom Blitz getroffen zuckte ich zusammen, verlor dabei das Gleichgewicht und landete polternd auf dem Boden. Sterne tanzten vor meinen Augen und durch meine Knie fuhr ein stechender Schmerz.

Ein paar Schüler lachten. Klar! Es war ja auch total witzig, vom Stuhl zu fallen!

Frau Steppke kam angelaufen und half mir hoch.
„Alles in Ordnung?“
„Ja, glaub schon.“
Knapper Blick über die Schulter. Ich blitzte Jonas wütend an. Keine Ahnung, wieso er den Verdacht auf mich lenken wollte. Weil Lucija nicht da war? Aber der würde sich noch wundern! Wenn er wirklich den Laptop mitgehen ließ, war das meine Chance, ihn endlich dranzukriegen.
„Willst du dich lieber einen Moment bei Frau Hofstätter hinlegen?“, erkundigte Frau Steppke. Frau Hofstätter ist unsere Schulsekretärin und immer zur Stelle, wenn es jemandem von uns mal schlecht geht.
Ich schüttelte den Kopf. „Das Knie tut nur ein bisschen weh.“
Weiter ging es mit der nächsten Buchstabenkombination. Alle legten los und auch ich tat, als wäre ich mit Feuereifer bei der Sache. Doch als Frau Steppke in ihrer Tasche kramte und sich die Lippen nachzog, nutzte ich den Moment und schrieb Emma blitzschnell eine SMS.

Geh vor und blockiere den Schulausgang.
Jonas will klauen!

Ich drückte auf Senden und im nächsten Moment piepte es bei Emma. Ich rollte mit den Augen. Damit sie kapierte, dass sie die SMS aufklicken sollte.
„Handys bleiben während des Unterrichts aber aus", predigte Frau Steppke.
„Ja, äh, tut mir leid …", stotterte Emma.
„Ihre Mutter ist krank", sagte ich schnell. „Deswegen muss sie jetzt auch dringend nachgucken."
Was denn?, hörte ich. *Das stimmt doch gar nicht!*
Wieder rollte ich mit den Augen und am liebsten hätte ich dazu geknurrt. Zu blöd, dass Emma nicht auch meine Gedanken lesen konnte. Dann müssten wir gar nicht mehr laut sprechen und niemand würde mitkriegen, worüber wir uns gerade unterhielten.
„Also gut, Emma", sagte Frau Steppke. „Dann geh aber bitte raus."
Soll ich?
„Ja, mach schon!", flüsterte ich. „Ich nehm deine Sachen mit."
Im nächsten Moment huschte Emma aus dem Raum und ich lehnte mich weit auf meinem Stuhl zurück, um Jonas weiter anzuzapfen. Jetzt kam es drauf an. Auf jeden noch so albernen Gedanken.
fls, köa, sjl, adl.

Das waren die Buchstabenkombinationen, die wir eben geübt hatten.

Dödeldaddel-Dumdidumm.

Dödeldaddel-Dumdidumm? War das wirklich alles, was Jonas durch den Kopf ging? Wie doof konnte man eigentlich sein?

„Fritzi?“ Frau Steppke reckte ihren Kopf in die Höhe. „Willst du gleich noch mal hinfallen?“

Wieder lachte alles.

Ich setzte mich normal hin und tippte drauflos. Doch als ich auf den Bildschirm guckte, hatte ich statt *fls, köa, sjl, adl Dödeldaddel-Dumdidumm* geschrieben. Die Sache mit der AG konnte ich für heute wohl vergessen! Zumal ich total gespannt war, was gleich, wenn die Stunde um war, passieren würde. Ob überhaupt etwas passieren würde. Vielleicht hatte mich Jonas ja in Gedanken bloß verschaukelt und ich hatte Emma ganz umsonst aufgescheucht.

Endlich klingelte es und in das Aufbruchsdurcheinander hinein rief Frau Steppke: „Hört noch einen Moment her! Ich gebe euch keine Hausaufgaben auf, aber ihr solltet jeden Tag eine Viertelstunde üben. Nur so könnt ihr vertiefen, was ihr heute gelernt habt.“

In Windeseile packte ich Emmas und meine Sachen ein. Aus dem Augenwinkel sah ich, wie Jonas den Verschluss seines

Rucksacks zuschnappen ließ und abdampfte. Der Laptop stand immer noch an seinem Platz. Ich guckte ein zweites Mal hin, ein drittes Mal, aber der Laptop war eindeutig da. Hatte ich mich vielleicht bloß verhört und er hatte nie vorgehabt zu klauen? Oder hatte er im letzten Moment doch noch Muffensausen gekriegt?

„Tschau, Henriette", sagte ich, griff mir Emmas Tasche und meinen Rucksack und lief zur Tür. Und dann bemerkte ich es: Auf dem Tisch neben der Eingangstür fehlte ein Laptop!

Ich rannte los. Quetschte mich an einem Grüppchen vorbei, rempelte und schubste, dann legte ich einen Sprint hin, für den ich bei Frau Kralle-Kahn bestimmt eine Eins bekommen hätte. Treppe runter, einmal quer durch die Aula – da sah ich die Ritterhelmfrisur um die Ecke biegen. Jonas schien es nicht mal besonders eilig zu haben, aus der Schule zu kommen. Gemächlich steuerte er den Ausgang an; der Rucksack baumelte über seiner Schulter.

„He, Jonas!", rief ich.

Er fuhr herum.

„Wart mal eben!"

„Keine Zeit. Mein Bus …"

„Nur ganz kurz."

„Ich kann jetzt aber nicht."

„Das ist mir egal! Du bleibst jetzt stehen!"

Panik blitzte in Jonas' Augen auf und er spurtete los. Ich ihm nach.

„Haltet den Dieb!", schrie ich.

Ein paar Schüler blieben stehen und glotzten, aber niemand tat etwas, um Jonas aufzuhalten.

Emma! Hoffentlich blockierte sie den Ausgang! Bevor ich nach ihr Ausschau halten konnte, passierte es. Jonas trat in die Drehtür, gleichzeitig kamen Lucija und ihre Mutter herein.

Zong – rumsten die drei zusammen. Jonas und Lucija knallten hin. Lucijas Mutter torkelte gegen einen Knirps mit einem Schulranzen, der ebenfalls hinfiel. Schreie gellten durch die Aula.

Emma kam plötzlich von wer weiß woher angerannt.

„Weg da!", japste sie, machte einen Hechtsprung und platschte auf das Jonas-Lucija-Knäuel am Boden. Lucijas Mutter winselte, Lucija kreischte, Jonas brüllte, Emma quiekte. Beine und Arme wirbelten durcheinander und mitten in dem Durcheinander fischte ich nach Jonas' Rucksack und ertastete den Laptop darin.

Yippie! Yeah! Triumph! Jetzt noch ein Beweisfoto – und Jonas war geliefert.

„Nimm deine Pfoten weg!" Jonas' Helmfrisur war in Unordnung geraten, als er sich hochrappelte.

„Du hast den Laptop geklaut!", schrie ich so laut, dass es jeder in der Aula mitbekam. „Du hast tatsächlich gerade den Laptop geklaut!"

„Du bist ja wohl voll bescheuert!", giftete er zurück.

„Und was ist das hier?"

Ich wollte den Laptop aus seinem Rucksack ziehen, aber Jonas war schneller und stürzte sich auf mich.

„Was ist hier eigentlich los?" Ein total hoher Absatz schob sich zwischen uns. Ich blickte auf und guckte in die braunen Augen von Lucijas Mutter.

„Gib mir meinen Rucksack wieder!", keifte Jonas. „Das ist Diebstahl!"

Emma stellte sich schützend vor mich und dann fand ich endlich meine Sprache wieder.

„Den Laptop hat Jonas gerade in der AG mitgehen lassen. Und er hat auch all die anderen Sachen geklaut!" Ich hielt Lucija und ihrer Mutter Jonas' Rucksack hin.

„Du bist ja total durchgedreht", knurrte er.

„Ach echt? Dann ist das dein Laptop?"

Jonas glotzte in den Rucksack. Mit Glubschaugen. Die immer glubschiger wurde, je länger er starrte.

„Nee, ist er nicht. Hast du den da vielleicht reingetan, Fritzi?"
Shit! Mist! Kack!, hörte ich.
„Ja, das ist wirklich Kacke", sagte ich und lächelte zuckersüß.
„Jonas, du bist aufgeflogen." Ich zeigte auf Emma, Lucija und ihre Mutter. „Die drei sind meine Zeuginnen."
Fritzi ist eine Hexe! Ich hau ab!
„Ach, komm, Jonas. Abhauen bringt doch nichts."
Ich hielt den Rucksack immer noch so fest, dass kein Muskelmann der Welt ihn mir hätte wegnehmen können.
„Am besten gehen wir jetzt zusammen ins Sekretariat, du gestehst alles und dann musst du vielleicht auch nicht ins Gefängnis."
Gefängnis? Nein! Seine Gedankenstimme zitterte.
Jonas stand auf und klopfte sich die Hose ab.
Gefängnis? O weh!, hörte ich von Lucija, als sie mir aufhalf.
Gefängnis? Das wär super!, meinte Emma.
Lucijas Mutter hüstelte und sagte: „Wir wollten sowieso gerade ins Sekretariat und Lucija von der Schule abmelden."
„Nein!", riefen Emma und ich wie aus einem Munde.
„Lucija muss bleiben!", sagte ich. „Jonas, kommst du jetzt?"
„Ich denk ja gar nicht dran!", protestierte er und riss sich los.
Wie ist sie mir überhaupt auf die Schliche gekommen? Woher wusste sie das alles?

Lucija machte einen Satz auf ihn zu und bohrte ihm den Zeigefinger wie eine Pistole in die Brust.
„Du bist wirklich das Allerletzte! Alle haben gedacht, dass ich die Diebin bin!“ Ihre Stimme wackelte. „Bis auf die beiden da. Und jetzt bist du auch noch zu feige, es zuzugeben!“
Jonas’ Lippen bebten, während er Zentimeter für Zentimeter zurückwich.
„Sag was!“ Lucija boxte ihn.
„Lucija!“, sagte ihre Mutter mahnend.
„Ich … äh … keine Ahnung“, stotterte Jonas.
„Du hast keine Ahnung?“ Wütend schubste sie ihn und er fiel hin.
Im nächsten Moment stand die Matschbacke vor uns.
„Was ist hier los?“ fragte er mit Eisstimme.
Wie aufs Stichwort fing Lucija an zu heulen. Ihre Mutter legte schützend den Arm um sie und stammelte etwas Unverständliches. Jonas rappelte sich auf. Emma dachte wirre Sachen. Und ich war bloß heilfroh, dass unser Klassenlehrer da war. Der Retter in der Not!
„Schön, dass du dich auch mal wieder blicken lässt, Lucija“, erklärte er und guckte nun auch noch ziemlich tiefgekühlt. „Aber seit wann schubst du Jungs?“
Ich räusperte mich. „Das hat sie nur getan, weil …“

„Jonas?“, unterbrach mich Herr Matschke. „Ist dir nicht gut?“
Jonas sah aus wie ein Zombie.
„Ich … doch … äh“, stammelte er. Und dann kippte er in den großen Blumenkübel.

Jonas lag auf der Liege und hatte einen nassen Waschlappen auf der Stirn, den ihm unsere Schulsekretärin Frau Hofstätter darauf gelegt hatte.
Wie, wo, was?, waberte es mich leise an.
Im nächsten Moment schlug er die Augen auf.
Wo bin ich?
„Du bist in der Schule. Im Krankenzimmer“, sagte ich.
Herr Matschke, Lucijas Mutter, Lucija und Emma taten nichts. Außer besorgt zu gucken.
„Ich rufe besser mal einen Arzt“, meinte die Hofstätter. „Er ist ja richtig verwirrt.“
„Geht schon“, brummte Jonas.
Er wollte sich aufrichten, aber Herr Matschke beförderte ihn gleich wieder in die Horizontale.
„Du bleibst besser, wo du bist. Weißt du überhaupt, was passiert ist?“

Jonas tastete nach seiner Ritterhelmfrisur. Klar. Es war ja auch das Wichtigste, dass seine Haare tipptopp saßen.

Ich hab den Computer geklaut und Fritzi hat mich dabei erwischt und jetzt …

„Die Mädchen behaupten, du hast nicht nur den Computer geklaut, sondern auch all die anderen Sachen?"

Jonas starrte Herrn Matschke aus glasigen Augen an.

„Ist das richtig, Jonas?"

„Ich … nee … also", stotterte er.

„Wehe, du lügst", zischte ich ihm zu.

Uah! Nein! Hilfe!

Er begann zu zittern und seine Zähne klapperten aufeinander. Ich fasste es nicht! Er hatte Angst vor mir! Und dann nickte er endlich.

„Ja, okay, ich war's", nuschelte er. „Ich hab die Sachen geklaut. Alle."

Totenstille. Ich zählte bis fünf, aber immer noch sagte niemand einen Ton. Wahrscheinlich konnte keiner von uns wirklich glauben, dass er die Diebstähle zugegeben hatte. Ich ja auch nicht! Hoffentlich war das nicht alles nur ein Traum und ich würde gleich in meinem Bett aufwachen und Moppel tapste auf meiner Überdecke herum, weil sie Katzenkekse wollte.

Herr Matschke massierte sich die Schläfen, als müsste er seinen Gehirnkasten wieder auf Trab bringen.
„Das heißt also, du hast uns alle die ganze Zeit an der Nase herumgeführt“, schlussfolgerte er.
Jonas nickte wieder. Ich trat einen Schritt zurück. Irgendwie wollte ich gar nicht mehr wissen, was er dachte.
„Also gut“, erklärte Herr Matschke. „Belassen wir es für heute dabei.“
Jonas fuhr blitzschnell von der Liege hoch. „Heißt das, ich kann gehen?“
„Ja. Aber glaub ja nicht, dass die Sache damit erledigt ist. Das wird ein Nachspiel haben.“
„Äh, was denn für eins?“ Jonas' Augenbrauen rutschten unter seinen Haarvorhang.
„Du hattest mehrfach die Möglichkeit, mich anzurufen und alles zu gestehen. Du hast es aber vorgezogen zu schweigen. Schlimmer noch: Du hast einfach immer weitergemacht.“
Jonas zitterte nicht mehr, aber er schaute betreten auf seine Hände.
„Was genau mit dir passiert, kann ich noch nicht sagen“, fuhr Herr Matschke fort. „Ich werde erst mal mit dem Schulleiter reden.“
Aus Jonas' Angsthasengesicht wurde ein echtes Panikgesicht.

„Muss das sein? Ich bringe morgen auch die restlichen Sachen wieder zurück! Das hatte ich sowieso vor!“

„Na, umso besser.“ Herr Matschke wandte sich Lucija und ihrer Mutter zu: „Ich kann mich vorerst nur im Namen der Schule bei Ihnen entschuldigen.“

„Ja!“, rief ich. „Und Lucija soll bleiben!“

Und als Emma auch noch sagte, dass Lucija doch in unsere Klasse gehöre, lächelte Lucija zum ersten Mal seit langem. Wir umarmten sie erleichtert.

„Danke, Mädchen“, sagte Lucijas Mutter, als wir wenig später die Schule verließen. Herr Matschke hatte den Laptop an sich genommen und Jonas war im Turbosauseschritt auf und davon gestürmt. „Ihr seid einfach ...“

Sie brach ab und lachte nur.

„Fritzi und Emma sind toll, Mama!“, rief Lucija. „Ohne sie würden mich immer noch alle verdächtigen.“

Ich grinste Emma verschwörerisch an und tippte auf meinen WGDRDW-Button.

Emma tippte ebenfalls auf ihren Button.

Wie gut, dass du Gedanken lesen kannst!

Der Tag danach

Hier die Hitliste aller Dinge, die man tut, nachdem man den übelsten Klassendieb aller Zeiten gestellt hat:

1. Auf dem Nachhauseweg albern losglucksen und sich von den Leuten blöd angucken lassen.
2. *Lucija, Lucija, Lucija!* brüllen (und sich wieder von den Leuten blöd angucken lassen).
3. Mama und Papa alles erzählen und dabei die heikle Stelle mit dem Gedankenlesen auslassen/abwandeln.
4. Moppel Katzenkekse mitbringen und sich kuscheltechnisch von ihr verwöhnen lassen.
5. Am nächsten Morgen Emma ins Auto laden und sich von Mama wie Heldinnen zur Schule kutschieren lassen.

„Ich frag mich wirklich, was sich Jonas bei der Sache mit dem Laptop gedacht hat“, überlegte Emma, während wir in den Gang zu unserem Klassenzimmer bogen. „Das ist total unlogisch! Niemand hätte Lucija verdächtigt.“

„Aber mich.“

„Dich? Wieso?“

Ich erzählte Emma, dass Jonas vorgehabt hatte, mir den Laptop später heimlich unterzuschieben.

„Ist der total irre?“, schimpfte Emma. „Und den hab ich mal zum Klassensprecher gewählt!“

Vor unserem Klassenzimmer standen Pepe, Malte und Emil. Malte aß einen Donut, aus dem Marmelade auf sein T-Shirt tropfte.

„Hammerneuigkeit!“, rief Pepe. „Lucija ist nicht die Diebin. Jonas war’s!“ Er sah mich breit grinsend an.

Hach, ist sie süß!

„Ach so, das! Das wissen wir längst“, sagte ich und wollte die Tür aufmachen, aber Malte hielt mich zurück.

„Ihr dürft da jetzt nicht rein. Die Matschbacke knöpft sich Jonas vor. Lucija ist auch dabei.“

„Und woher wisst ihr das schon?“, forschte Pepe nach, während sich Emil bückte und durchs Schlüsselloch spähte.

„Wir haben heute Nacht eine Botschaft aus dem Jenseits ge-

kriegt", erklärte Emma todernst. „Schriftlich und mit Briefmarke."
Will die mich verscheißern? Emma lade ich auf keinen Fall zu meinem Geburtstag ein. Pepes Wimpern flatterten. *Oder doch? Ohne Emma kommt Fritzi bestimmt gar nicht.*
„Jetzt sagt schon!"
„Wir waren gestern in der *Zehn-Finger-am-PC-Schreiben-AG*", erklärte Emma. „Und Fritzi hat Jonas dabei erwischt, wie er einen Laptop klauen wollte."
„Cool!" Pepe sah mich noch bewundernder an.
„Hat er den einfach so eingesteckt?", wollte Malte kauend wissen.
Ich nickte.
„Ist ja komisch", meinte Emil und kam wieder hoch. „Wo er bei den Sachen, die er in der Klasse geklaut hat, so höllisch aufgepasst hat."
Eine Weile standen wir einfach nur herum und lauschten abwechselnd an der Tür, aber außer leisem Gemurmel war nichts zu hören.
Ich kann sie nicht fragen, wehte es mich von Pepe an. *Ich hab solche Wackelbeine!*
Ach, du Schreck! Was kam denn jetzt? Die Sache mit seinem Geburtstag?

Frag mich besser nicht!, versuchte ich ihn in Gedanken zu verhexen, doch schon stotterte er los:
„Was ich euch fragen wollte … Habt ihr … ehm … Lust, zu meiner Geburtstagsparty zu kommen?“
„Äh“, sagte ich.
„Äh ja oder äh nein?“
„Äh ja!“, rief Emma.
Oh, Mist! Emma guckte mich panisch an. *War das jetzt ein Fehler?*
Ich nickte in ihre Richtung. Und ob das ein Fehler war!
„He, super! Ihr kommt?“
Und nur, weil Pepe in Gedanken ein total spaciges *Yippie!* ausstieß, nickte ich ein zweites Mal. Vielleicht machte so ein Jungs-Geburtstag ja doch ein bisschen Spaß. Bestimmt würde es leckeres Fastfood zu essen geben. Und falls mir ein Junge blöd kam, würde ich ihn ein bisschen mit meinem Gedankenlesen erschrecken.
Die Tür ging auf und Herr Matschke winkte uns herein.
Lucija saß ganz normal an ihrem Platz. Jonas drückte sich in der Nähe der Tafel herum und fuhr sich hibbelig durch seine Helmfrisur.
Tatsächlich – er hatte alles zurückgebracht! Und nicht nur das. Um Murats Handy waren Laktritzschnüre gewickelt,

auf Emils Computerhandbuch lag eine Tafel Vollmilch-Nuss-Schokolade, neben Thierrys iPod eine Tüte Gummibärchen. Selbst die Kleinigkeiten wie das Lineal, das Radiergummi, die Papiertaschentücher, der Kuli und der Smiley-Aufkleber waren mit Schokobonbons und Gummitieren aufgepeppt.
Nach und nach trödelten die Schüler in die Klasse und scharten sich ums Lehrerpult. Leni kam auf mich zu.
„Weißt du, was das hier soll?"
„Jonas war's", erklärte ich und boxte mich zu meinem Platz durch.
„Jonas? Wieso denn Jonas?" Lenis Stimme überschlug sich fast, als sie hinter mir hergehechtet kam. „Ich denk, es war Lucija!"
„Nein, sie ist unschuldig."
„Und woher weißt du das?"
„Daher", entgegnete ich und packte meine Tasche aus. Ich hatte keine Lust, Leni zu erzählen, wie Emma und ich gestern den Dieb gestellt hatten.
„Ruhe!", bat Herr Matschke. „Jeder nimmt sich jetzt das, was ihm gehört, und dann setzt euch bitte."
Niemand hörte hin. Alle quasselten durcheinander und begafften Lucija wie das achte Weltwunder.
„Ruhe! Aber sofort!"

Nach und nach wurde es endlich still und die Schüler gingen auf ihre Plätze. Nur Jonas blieb in der Nähe des Lehrerpults stehen.

Herr Matschke atmete tief durch. „Wie ihr ja bereits gesehen habt, sind jetzt alle Sachen wieder da. Oder vermisst noch jemand etwas?"

Emil meldete sich. „Mein Fahrrad."

„Es steht unten bei den Fahrradständern. Um es kurz zu machen", erklärte Herr Matschke, ohne die Miene zu verziehen. „Lucija ist unschuldig. Jonas hat die Sachen gestohlen."

Ich sah aufgerissene Augen, hörte jemanden ächzen und ein paar undeutliche Gedankenfetzen flogen mich an. Dann löste sich die Spannung und wieder schnatterten alle aufgeregt.

„Jonas?"

„Der?"

„Arme Lucija!"

„Nee, echt, oder?"

„Was für ein Idiot!"

Herr Matschke trat in den Mittelgang. Er sah aus, als würde er gleich explodieren.

„Ihr könnt euch in der Pause ausführlich darüber unterhalten!", röhrte er. „Jetzt möchte euch Jonas etwas sagen."

„Fragt sich nur, wer das hören will!", sagte Murat mit zittriger

Stimme. „Er hat uns die ganze Zeit belogen und betrogen und dann noch den Verdacht auf Lucija gelenkt. Das ist ganz schön mies! He, Jonas, ich dachte, wir wären Freunde!"

Herrn Matschkes Geduldsfaden riss und er schlug mit der flachen Hand auf den Tisch. „Jetzt ist aber wirklich mal Ruhe! Wer unaufgefordert noch einen Piep sagt, muss in der siebten Stunde nachsitzen."

Sofort war es mucksmäuschenstill.

„So, Jonas. Bitte."

Jonas räusperte sich. Dann sagte er mit gesenktem Kopf: „Ich hab Mist gebaut. Richtig Mist gebaut. Das tut mir leid. Sorry."

Aufgeregtes Getuschel in der Klasse. Niemand wagte es, laut dazwischenzurufen.

Leni meldete sich und die Matschbacke nahm sie dran.

„Aber wieso hast du das überhaupt gemacht?", wollte sie wissen.

Das interessierte mich jetzt auch brennend.

„Keine Ahnung, es ist eben so passiert", nuschelte Jonas.

„Wie meinst du das?", hakte Leni nach. „Klauen passiert doch nicht einfach so."

Leni hatte Recht. Ein Wunder, dass meine Kusine und ich mal einer Meinung waren.

„Alles fing mit Lisas Federmäppchen an." Jonas fuhr sich

durch die Ritterhelmfrisur. „Das hab ich genommen …“ Er stockte. „… weil’s irgendwie crazy war.“
Ein paar Leutchen lachten schrill.
Henriettes Finger flog in die Luft. „Was ist denn am Klauen crazy, Jonas?“
„Dass ihr nichts gemerkt habt! Und dass ihr auch beim zweiten Mal nichts gecheckt habt und auch nicht beim dritten Mal …“
Das Gemurmel in der Klasse schwoll an.
„Aber ich bin kein Dieb, das müsst ihr mir glauben!“, fuhr er fort. „Ich wollte ja alles zurückgeben. Ich hatte doch auch schon damit angefangen.“
„Jonas, vielleicht solltest du deinen Klassenkameraden sagen, was du Lucija und mir gesagt hast. Damit sie dich auch verstehen“, schlug Herr Matschke vor.
Jonas wurde rot. Richtig ketchuprot. Er tat mir fast ein bisschen leid.
Dann pumpte er die Backen auf und stieß hervor: „Ich … ich war einfach sauer auf euch!“
„Sauer? Wieso denn sauer?“, wollte Murat wissen.
„Weil ihr mich nicht wieder zum Klassensprecher gewählt habt!“
Einen Moment war es mucksmäuschenstill in der Klasse.

Henriette meldete sich wieder. „Aber die meisten in der Klasse waren doch noch nie Klassensprecher. Und haben trotzdem nicht geklaut. Und wenn ich nächstes Jahr nicht wiedergewählt werde, klaue ich auch nicht."
„Ich hab eben gedacht, dass ihr mich nicht mögt", sprach Jonas weiter. „Oder findet, dass ich meine Sache schlecht gemacht habe."
„So ein Quatsch!"
„Was hat das denn damit zu tun?"
„Na, hör mal, Jonas!", riefen wieder alle durcheinander.
„Jetzt beruhigt euch!" Herr Matschke hob die Hände. „Jonas hat den Mut gehabt, sich vor die ganze Klasse zu stellen, und ich hoffe, dass ihr seine Entschuldigung annehmt. So wie Lucija das getan hat."
Emma und ich wechselten einen überraschten Blick. Das war sehr großherzig von Lucija. Ich wüsste nicht, ob ich es an ihrer Stelle gekonnt hätte.
Herr Matschke ließ seine Aktentasche aufschnappen und holte seine Bücher raus. „So, und jetzt fangen wir mit dem Unterricht an."
Jonas schlich geduckt zu seinem Platz.
Lucija setzte sich umso aufrechter hin und warf Emma und mir ein dankbares Lächeln hin. Das machte mich so froh, dass

ich mich zu meiner Freundin rüberbeugte und sie an mich drückte.

„Liebespaar, küsst euch mal!“, alberte Malte, aber das war mir egal. Emma und ich hatten es geschafft, dass Lucija wieder glücklich war. Und das war für mich im Moment das Allerschönste auf der Welt.

Eine Kuchenschlacht und ein schönes Angebot

Jonas flog nicht von der Schule. Er wurde auch nicht ins Gefängnis gesteckt, bekam aber eine saftige Strafe: Zwei Wochen lang musste er Schuldienst leisten (Papierkörbe leeren, das Parkett im Musiksaal wischen, Laub harken). Außerdem sollte er eine Zeit lang zweimal die Woche lernschwachen Schülern aus unserer Jahrgangsstufe in Mathe und Physik helfen. Und damit nicht genug: Zu Hause hatte er vorübergehend Fernsehverbot und durfte abends auch nicht am Computer daddeln.

Ich fand das mehr als gerecht. Schließlich hätte er fast dafür gesorgt, dass Lucija von der Schule abgegangen wäre!

Mama und Papa waren superstolz auf mich. Und als von Lucijas Mutter ein Dankesbrief mit einem Kasten Schoko-Katzenzungen eintraf (Moppel fand das abartig), schlug Mama mir vor, Lucija doch mal in Papas Café einzuladen. Sie würde sich bestimmt freuen.

Ich freute mich auch. Meine Mama hatte nämlich noch einen zweiten Blitzeinfall gehabt. Demnächst wollte sie ein paar Überstunden abbummeln und in aller Ruhe mit mir Unterhosen und ein paar neue Anziehsachen shoppen gehen.

Yeah!

Lucija freute sich riesig über meine Einladung und gleich am nächsten Tag liefen wir zu dritt nach der Schule los. Lucija, Emma und ich. Wir kicherten und lachten um die Wette, aber dann lungerte Jonas am Schuleingang herum. Der hatte uns noch gefehlt! Wir taten, als würden wir ihn nicht sehen, und eilten weiter.

„Äh, Fritzi?" Jonas trampelte wie ein Nilpferd hinter uns her.

Wir blieben stehen.

„Was ist?"

„Ich wollte dich mal was fragen."

„Ja, frag. Aber schnell. Wir haben was vor."

Jonas zog ein Sauregurkengesicht.

Sie wird mir das bis in alle Ewigkeit übel nehmen.

Allerdings!

Er trat näher und zischelte: „Wie bist du eigentlich … äh … draufgekommen, dass ich … äh … alle Sachen geklaut habe? Ich hab immer total aufgepasst, dass mich niemand beobachtet."

„Das ist ganz einfach", sagte ich und kam mit meinem Gesicht nahe an ihn heran. „Ich kann Gedanken lesen. Jedenfalls, wenn ich mich ganz doll anstrenge."

Während Emma erschrocken die Augen aufriss, kicherte Lucija los.

„Veräppeln kann ich mich selbst", meinte Jonas beleidigt.

„Ja, dann tu das doch."

Ich hakte mich bei Emma und Lucija unter und dann zogen wir weiter.

Lucija konnte gar nicht mehr aufhören zu gackern, und als wir im Bus saßen, meinte sie: „Wie Jonas geguckt hat! Total blöde! Das war eine super Antwort, Fritzi!"

Ja, super Antwort, hörte ich von Emma. Sie seufzte leise.

Emma hatte wohl Angst, dass ich mich verriet. Ich machte mir da keine Sorgen. Die Sache mit dem Gedankenlesen ist so spacig, dass mir das sowieso keiner glauben würde.

„Und wie war das nun wirklich, Fritzi?", wollte Lucija wissen.

Ach, du Schreck! Das war wieder Emma.

„Äh, na ja", sagte ich und versuchte Zeit zu schinden. „Ich

kann einfach gut beobachten. Und manchmal spüre ich schon, wenn was faul ist."

„Echt? Wahnsinn!" Lucija sah mich voller Bewunderung an.

Emma lehnte sich erleichtert zurück und ging im Kopf alle Kuchensorten durch, die sie kannte.

Es wurde ein richtig gemütlicher Mädchen-Nachmittag. Susanne servierte heiße Schokolade, Papa stellte uns einen Teller mit Probierstückchen hin und dann futterten wir drauflos. Wir redeten über unsere Haustiere (Lucija hatte früher mal eine Schildkröte gehabt und wünschte sich nichts sehnlicher als einen Hund) und irgendwann war Jonas wieder Thema.

„Wie kommt er nur darauf, dass ihn niemand mag?" Lucija warf ihre Prinzessinnenhaare nach hinten. „Bloß weil Henriette Klassensprecherin geworden ist. Das ist doch albern."

„Jonas ist total eitel", sagte Emma. „Er muss immer der Tollste, der Beliebteste, der mit der schönsten Ritterhelmfrisur sein."

„Wie sein Vater!" Ich prustete los. „Ihr hättet den mal sehen sollen, als er im Gitarrenkurs aufgekreuzt ist. Der hat genau die gleiche Frisur! Kein Haar tanzt aus der Reihe."

„Perfekter Vater, perfekter Sohn", murmelte Lucija.

„Häh?", machte Emma.

„Vielleicht setzt sein Vater ihn ja unter Druck. Mit dem Singen im Schulchor, mit Physik, mit allem."

Emma und ich nickten beeindruckt. Lucija schien ganz schön viel Menschenkenntnis zu haben.
„Und wie ist das bei dir?“, wollte ich wissen. Schließlich schrieb Lucija auch eine gute Note nach der anderen.
„Meine Mutter sagt immer, ich muss nicht so viel lernen.“ Sie seufzte. „Ich glaube, ich setze mich eher selber unter Druck.“
Papa trat an unseren Tisch. „Mögt ihr noch Kuchen?“
Mein Bauch fühlte sich schon wie eine Kuchentrommel an und ich schüttelte den Kopf. Auch Emma wollte nichts mehr. Nur Lucija stotterte, dass sie gern noch ein klitzekleines Stück von dem Apfelkuchen hätte. Der sei so unglaublich lecker.
„Gerne doch.“ Papa zwinkerte Lucija zu.
Fritzis Papa hält mich bestimmt für total verfressen!
„Mach dir keine Gedanken. Mein Papa freut sich, wenn du seinen Kuchen so lecker findest“, beruhigte ich Lucija.
Lucija sah mich schon wieder so erschrocken an. Gleichzeitig plinkerte Emma mit den Wimpern.
Lass das mal! Die Arme kriegt noch Angst vor dir!
Ich plinkerte zurück. Das sollte so viel wie *Ist ja schon gut, Emma, ich mach's nicht mehr!* heißen.
Emma hörte auf zu plinkern, fuhr sich durch die Wuschellocken und meinte, dass Jonas eigentlich eine viel härtere

Strafe verdient hätte. Das bisschen Putzarbeit und Nachhilfe – das sei doch harmlos.

„Aber echt mal", bekräftigte ich. „Ich hätte ihn auf einer einsamen Insel ausgesetzt. Ohne Handy, ohne Essen und ohne Föhn!"

„Hauptsache, er hat begriffen, dass er Mist gebaut hat", sagte Lucija und machte sich verlegen lächelnd über den Apfelkuchen her, den Papa ihr hingestellt hatte.

Es ist so schön, hier mit den beiden zu sitzen! Und der Kuchen schmeckt so gut! Fritzis Papa ist wirklich toll!

Das fand ich auch. Und ich war plötzlich irrsinnig froh, meinen Papa zum Vater zu haben. Auch wenn er keine perfekte Föhnfrisur hat, sondern einen Kugelbauch.

„Was ist das eigentlich?" Kauend deutete Lucija auf die WGDRDW-Buttons.

„Du weißt es nicht?", fragte Emma überrascht. Die meisten aus unserer Klasse wussten inzwischen Bescheid.

Lucija schüttelte den Kopf.

„WGDRDW bedeutet *Wir gegen den Rest der Welt*", erklärte ich. „Das ist eine Art Club."

Wie toll!, seufzte sie in Gedanken.

Ich wechselte einen Blick mit Emma. Eigentlich waren nur wir beide Mitglieder des Clubs und wir hatten mal beschlossen, dass dies auch so bleiben sollte.

Emma beugte sich zu mir rüber.

Was machen wir denn jetzt? Wollen wir sie vielleicht aufnehmen? Von mir aus ja.

Lucija räusperte sich und sagte:

„Ich muss dann mal los. Vielen Dank für die heiße Schokolade und den leckeren Kuchen."

„Lucija?", krächzte ich.

„Ja?"

„Also, wenn du magst, könnten wir dich schon in unserem Club aufnehmen."

Ein glückliches Lächeln glitt über ihr Gesicht. „Wirklich?"

Ich nickte. „Dann sind wir jetzt eben zu dritt."

Genau. Aber du darfst ihr nie verraten, dass du Gedanken lesen kannst.

Ich nickte Emma zu und dann fiel Lucija uns so stürmisch um den Hals, dass wir fast von den Stühlen kippten.

„He, was macht ihr da?", rief Susanne uns zu. „Das Mobiliar lasst ihr aber bitte heil!"

Lucija lachte. Und dann tänzelte sie „Ich bin eine WGDRDW!" singend aus dem Café.

Später, als Emma und ich nach Hause schlenderten und der Sonne dabei zuguckten, wie sie hinter den Häusern verschwand, fiel mir etwas ein.
„Du, Emma?"
Ihr Kopf fuhr herum.
„Gehen wir jetzt eigentlich zu Pepes Geburtstag?"
„Natürlich gehen wir! Ich freue mich schon riesig drauf."
Das wird spannend! Vielleicht sind ja ein paar süße Jungs aus den höheren Klassen da.
Ich stöhnte. „Krümel, das hast du jetzt eben nicht gedacht, oder?"
„Doch, wieso?" Sie grinste mich an. Und zwar so, wie nur kleine, süße, knuffige Emmas grinsen können. Dann sagte sie mit schmatzender Zahnspange: „Ehrlisch, isch beneide disch! Isch hätte scho gerne jemanden, der in misch verschoschen ischt!"
„Wieso denn?" Ich fand es eher peinlich.
„Einfach nur scho. Dasch musch ein total schönesch Gefühl schein. Du weischt dann, dasch du gemocht wirscht."
„Aber ... ich mag dich auch. Und Anton liebt dich heiß und innig. Und deine Schwestern auch. Und deine Eltern. Und ..."
Dasch verstehscht du nischt, Fritschi.
„Kann sein", sagte ich und drückte Emmas heißes, etwas schwitziges Händchen.

Im Moment hoffte ich, dass alles so bleiben würde, wie es war. Denn eigentlich war alles perfekt. Wir hatten doch uns. Und jetzt noch Lucija. Wozu sollte sich da eine von uns verlieben?

Eine himmlische Nacht

Seit ein paar Minuten stand ich im Badezimmer und versuchte meinen Kulturbeutel zu packen, aber Moppel kam ständig dazwischen. Erst sprang sie auf das Badezimmerschränkchen und warf meinen Zahnputzbecher um, dann trampelte sie auf meinem Handtuch herum. Am Ende legte sie sich auf meinen Kulturbeutel und tat, als würde sie schlafen.

„Moppel, das nützt alles nichts. Emma und ich übernachten heute bei Klara und Felix."

Moppel schlug die Augen auf und miaute vorwurfsvoll.

Und ich?

„Du bleibst hier!"

Kann ich nicht mit?

„Nein, kannst du nicht", erklärte ich und schubste sie vom Schrank runter. Ende der Durchsage.

„Miau!“

Übersetzt hieß das: Und wieso nicht?

„Weil du immer schreist, wenn du in die Transportbox musst, weil Felix eine Katzenallergie hat und weil …“

Moppel strich um meine Beine, dann sprang sie auf die Waschmaschine. *Und weil?*

„Weil Anton ja auch nicht mitkommt.“

Das wirkte. Moppel zog beleidigt ab und ich konnte endlich packen. Schon den ganzen Nachmittag war ich total aufgeregt. Wie es sich wohl anfühlen würde, in Klaras neuer Wohnung zu schlafen?

Nach dem Abendessen war es so weit. Mama lud mich, mein Bettzeug, den Kulturbeutel und eine gepunktete Unterhose zum Wechseln ins Auto. Danach fuhren wir bei Nielsens vorbei, wo wir Emma, ihr Bettzeug, ihren Kulturbeutel und eine gestreifte Unterhose zum Wechseln ins Auto packten. Weitere zehn Minuten später trudelten wir bei Klara ein.

Seit dem Umzug hatte sich in der Wohnung total viel verändert. Die Kartons waren ausgepackt, Bilder und Lampen hingen und das Tollste war die Jukebox auf dem Flur, die Felix aus seiner WG mitgenommen hatte. Je nachdem, welchen Knopf man auf dem alten Musikgerät drückt, wird ein alter Schlager oder ein altes Popstück gespielt.

Emma und ich hörten uns ein paar Songs an, dann setzten wir uns zu Klara und Felix in die gemütlich-chaotische Küche. Es gab Limo und Chips und wir spielten *Uno*.
Erst als noch ein Kumpel von Felix kam und die drei etwas für ihre Umweltgruppe vorbereiten wollten, wechselten Emma und ich mit der Chipstüte auf die blaue Samtcouch ins Wohnzimmer und schauten uns ein Video an. Es war ein ziemlich langweiliger Märchenfilm, aber ich fand das gar nicht weiter schlimm. Weil es einfach toll war, hier mit Emma in Klaras neuem Zuhause zu sein, wo unterm Fenster die Straßenbahn vorbeisurrt und Autos brummend vorbeifahren.
Emma schielte zu mir rüber.
Fritzi sieht aus, als würde sie am liebsten hier einziehen!
Ich schüttelte den Kopf.
„Ich find's supergemütlich, aber wohnen möchte ich hier nicht", antwortete ich.
„Nein?"
Wieder schüttelte ich den Kopf. Mir würde so viel fehlen. Mein Zimmer mit dem Hochbett und dem Ledersessel. Mama und Papa. Unsere gemütliche Wohnküche. Und natürlich Moppel.
„Und bist du noch traurig, dass Klara ausgezogen ist?"
„Weiß nicht", antwortete ich ehrlich und schob mir, obwohl

ich schon pappsatt war, noch eine Handvoll Chips in den Mund. „Manchmal ja, manchmal nein."

„Häh?", machte Emma.

„Es gibt Tage, da vermisse ich sie ganz schrecklich. Aber wenn sie noch bei uns wohnen würde, dann könnten wir beide jetzt nicht hier sitzen und gleich toll zusammen übernachten."

Emma lächelte mich an.

Fritzi ist so tapfer!

„Krümel, denk nicht so was! Sonst heul ich noch gleich los."

„Tut mir leid. Ich kann das Denken nun mal nicht abstellen."

Emma fuhr vom Sofa hoch, wohl, um sich in den Kuhfellsessel gegenüber zu setzen, aber ich ließ sie nicht. Ich wollte einfach, dass sie neben mir saß. Um ihren warmen Arm an meiner Seite zu fühlen. Denn das gab mir das Gefühl, dass die Welt doch irgendwie in Ordnung war.

Es war schon total spät, als wir endlich auf unseren Isomatten im Wohnzimmer lagen. Nach dem Film hatten wir noch eine zweite Runde *Uno* mit Klara, Felix und dem Kumpel gespielt

und so viele Nusskekse gefuttert, dass mein Magen ein bisschen Radau machte.
Anders als bei mir zu Hause war es auch spätabends nicht totenstill. Immer noch knöterten Autos vorbei, dann war eine Straßenbahn zu hören, schließlich das Heulen der Sirene eines Polizeiwagens.
„Emma, schläfst du schon?“, fragte ich in die Dunkelheit. Ich hatte mich extra etwas weiter von ihr weggelegt, damit mich ihre Gedanken nicht beim Einschlafen störten.
„Und wie!“, kicherte Emma. „Ich bin sozusagen schon im Tiefschlaf.“
Wir schwiegen.
„Meinst du, du kannst überhaupt einschlafen?“, meldete ich mich wieder zu Wort.
„Keine Ahnung. Ich hatte gerade ein bisschen Angst, dass du auch meine Träume hören kannst.“
„Quatsch“, sagte ich. Aber noch während ich es aussprach, war ich mir nicht ganz sicher, ob das nicht vielleicht doch möglich war. Schließlich hatte ich es noch nicht ausprobiert.
Eine Weile war es still. Die Autos draußen machten eine Pause; nur das Licht der Straßenlaterne warf ein unheimliches Muster an die Wand.
„Fritzi?“ Emmas Stimme hallte richtig.

„Ja?“
„Falls ich heute Nacht Angst kriegen sollte … Darf ich dann zu dir auf die Matratze kommen?“
„Na klar, Krümel.“
„Und du versprichst mir, dass du auch nicht meine Träume belauschst?“
„Logisch. Verspreche ich.“
Ich hörte es rascheln. „Da kann ich ja auch jetzt gleich zu dir umziehen, oder?“
„Mhm.“
Zwei Sekunden später war Emma mit unter meine Bettdecke geschlüpft. Seite an Seite lagen wir da, wärmten uns gegenseitig und gruselten uns ein bisschen vor unsichtbaren Hausgeistern. Das war so schön, dass ich immer wieder seufzen musste.
„Was hast du denn, Fritzi?“
„Weiß nicht. Ich bin nur so froh, dass wir den Dieb gefangen haben. Und dass Lucija wieder glücklich ist.“
„Wir? Du!“
„Nein, wir!“
„Nein, du!“
„Nein, wir!“
So ging das hin und her, bis wir losgackerten und uns schließ-

lich schläfrig aneinanderkuschelten. Ich war so todmüde, dass ich nicht mal auf die Idee kam, Emmas Träume anzuzapfen. Das konnte ich immer noch tun. Denn morgen war auch noch ein spaciger Tag.

Leseprobe

Das nächste Abenteuer mit Fritzi erscheint im Herbst 2015. Hier könnt ihr schon einmal lesen, wie es weitergeht: Fritzi zieht für ein paar Tage bei Emma ein und lernt den Au-pair-Boy Jeff kennen …

Hier die Hitliste aller Peinlichkeiten, die passieren können, wenn man bei der besten Freundin samt ihren Eltern, Nervensägenschwestern, der Promenadenmischung Anton und dem Au-pair-Boy Jeff wohnt:

1. Beim Pizzaessen dreimal rot werden. Und zwar immer genau dann, wenn Jeff einen was fragt.
2. Beim Anruf der Eltern nur Unsinn ins Telefon stottern.
3. Sich mit Tomatensoße bekleckern.
4. Nachts auf dem Flur über ein Paar Pumps von Frau Nielsen stolpern und sich dabei das Knie am Schuhregal stoßen.
5. Nachts auf dem Flur mit Jeff zusammenstoßen, dabei rot werden und sich „Äh, ich muss mal“ stammelnd aufs Klo retten.
6. Beim Rauskommen schon wieder mit Jeff zusammenstoßen, weil der ebenfalls muss und vor der Tür gewartet hat.
7. Wirre Träume träumen, in denen man mit dem Au-pair-Boy Jeff auf einer einsamen Insel strandet und bei jeder Kleinigkeit rot wird.

8. Beim Aufwachen rot werden, weil die Person, die einen weckt, nicht Mama, sondern Jeff ist.

JEFF!

Tatsächlich stand der Au-pair-Boy in der Tür und sah im hereinfallenden Tageslicht wunderschön aus.

Emma murrte. Moppel miaute. Anton bellte auf dem Flur.

„Miss Fritzi! Emma! Aufstehen! Es gibt Pancakes."

Schon war Jeff wieder draußen.

Emma schwärmte schon seit Wochen von den Pfannkuchen mit Ahornsirup, die Jeff ab und zu zum Frühstück zubereitete. Was für ein Glück, dass ich gleich an meinem ersten Tag bei Emma welche abbekam. Moppel wollte noch eine Runde mit mir kuscheln, aber da ich ziemlich dringend Pipi musste, scheuchte ich sie weg und lief hinter Emma aus dem Zimmer.

Doch dann hieß es erst mal Schlange stehen. Bei Nielsens gab es nur EIN Badezimmer mit EINER Toilette und davor standen Emma, Sophie, Noni und Fietje – alle vier in geblümten Schlafanzügen, die Haare verwuschelt. Von drinnen drang das Surren eines Rasierapparats. Wie blöd war das denn! Bei Papa dauerte das Rasieren manchmal eine halbe Ewigkeit.

„Ich muss!", zischte ich Emma zu. Ich musste wirklich! Und zwar so dringend, dass ich schon die Beine zusammenkniff.

„Ich muss auch!", trötete Sofie, die mich wohl gehört hatte.

„Und ich mach gleich in die Hose!", quäkte Noni.

Der Tag fing wirklich gut an.

Emma guckte mich an. *Ist es wirklich so dringend?*

Ich nickte und meine Freundin hämmerte an die Tür. „Papa, wir müssen aufs Klo! Mach schnell!"
Die Tür ging auf und Herr Nielsen, nur in Schlafanzughose und T-Shirt, lugte heraus. Mit dem Rasierapparat deutete er auf die Toilette. „Geht ruhig schon mal. Ich bin gleich fertig."
Noni flitzte ins Bad und kurz darauf übertönten ihre Pullergeräusche das Surren des Rasierapparats. Danach war Sophie an der Reihe, dann Fietje. Eins stand fest: Ich würde ganz bestimmt nicht pinkeln, solange Emmas Vater im Morgenmantel vorm Waschbecken stand. Eher machte ich mir tatsächlich in die Hose.
Als hätte Emma meine Gedanken erraten, flüsterte sie: „Keine Angst, Fritzi. Er ist wirklich gleich fertig. Dann gehen wir zusammen rein und schließen ab, okay?"
Ich nickte erleichtert. Vor Emma ist mir zum Glück gar nichts peinlich. Dann regelte sich alles wie von selbst. Herr Nielsen überließ Emma und mir das Bad (die Nervensägenschwestern kamen erst später mit Waschen dran), und als wir mit allem fertig waren, standen herrlich duftende Pancakes auf dem Frühstückstisch.
„Mist, wir schreiben heute ja Englisch!", stöhnte Emma, als sie sich den ersten Bissen in den Mund schob.
Frau Nielsen knetete sich ihre blonden Löckchen genau so, wie Emma das immer tat. „Lass mich raten. Du hast mal wieder nicht gelernt."
„Hab ich doch! Aber gestern war so viel los, da hab ich vergessen, alles noch mal zu wiederholen."
„Can I help you?", fragte Jeff.

Emma nickte eifrig. „Du kannst uns zur Schule bringen und noch mal abfragen." Ihr Blick ging zu ihrer Mutter. „Oh bitte, Mama, darf Jeff uns fahren?"
„Von mir aus", sagte Frau Nielsen. Sie musste heute erst später zur Arbeit und Herr Nielsen nahm sowieso immer die S-Bahn.
Ich aß eilig den Pancake auf – er schmeckte wirklich himmlisch –, dann versorgte ich Moppel mit Futter und kontrollierte, ob das Katzenklo auch noch sauber war. Moppel folgte mir dabei auf Schritt und Tritt und maunzte leise.
Bei uns zu Hause putze ich mir immer die Zähne, bevor ich zur Schule aufbrach, aber wieder war die Tür zum Bad zu. Pech.
Moppel strich mir um die Beine und maunzte lauter. Ich nahm sie hoch.
Wann kommst du wieder?
„Nach der Schule. Wie immer. Weißt du doch."
Komm früher!
„Sei nicht albern, Moppel! Ich kann doch deinetwegen nicht die Schule schwänzen. Kurz nach eins bin ich zurück."
Noni war im Flur aufgetaucht. „Warum redest du denn so mit deiner Katze?"
„Wieso denn nicht? Redest du nie mit Anton?"
„Doch, manchmal."
„Miau", machte Moppel, dann wand sie sich aus meinem Arm und sprang runter. Ich wertete das als Zeichen, dass ich abzischen konnte. Und dass sie sich auch benehmen würde.
Kurz darauf saßen Emma und ich wie Prinzessinnen im geräumigen Familienwagen und übten mit Jeff Englisch. Das war richtig cool! Mit seiner amerikanischen Aussprache hörten sich die Wörter ganz anders an als bei unserem Lehrer Mr Greenbottle.

Leider dauerte die Fahrt nur knappe zehn Minuten. Schade! Ich hätte ewig so weiterfahren und unregelmäßige Verben lernen können. Aber Jeff setzte den Blinker und bog in die Sackgasse ein, die zur Schule führt. Im Schritttempo ging es die Auffahrt hoch. Ab und zu hupte er, damit die Schüler Platz machten.

Gerade schlurften Pepe, Malte, Emil und Nils vor uns her. Sie staunten nicht schlecht, als Jeff die Scheibe runterfahren ließ und rief:

„Hey, guys! Aus dem Weg!"

Die vier sprangen erschrocken zur Seite und der Wagen rollte an ihnen vorbei. Wir winkten wie Herzogin Kate bei ihren offiziellen Anlässen. Die Jungs starrten uns mit offenen Mündern nach. Und als Jeff kurz darauf aus dem Wagen sprang, um uns die Tür aufzumachen, glotzten sie erst recht.

Wir taten, als hätten wir nichts bemerkt, und liefen erhobenen Hauptes in die Schule. Der spacigste Typ im Universum hatte uns zur Schule gefahren und das fühlte sich richtig gut an.

Dieses Werk wurde vermittelt durch die
Michael Meller Literary Agency GmbH, München
Umschlagillustration und Vorsatz: Christiane Hansen
Typografie Umschlag: Niklas Schütte
Lektorat: Susanne Schürmann
Herstellung: Constanze Hinz
Satz: Greiner & Reichel, Köln
Lithografie: Margit Dittes Media, Hamburg
Druck und Bindung: GGP Media GmbH, Pößneck
ISBN 978-3-551-65262-1
Printed in Germany

Alle Bücher im Internet: www.carlsen.de